수라
왕 **8**

이대성 신무협 장편소설

dream
books
드림북스

수라왕 8

초판 1쇄 인쇄 / 2014년 12월 15일
초판 1쇄 발행 / 2014년 12월 23일

지은이 / 이대성

발행인 / 오영배
책임편집 / 편집부
펴낸 곳 / (주)삼양출판사 · 드림북스

주소 / 서울특별시 강북구 솔샘로67길 92
대표 전화 / 02-980-2112 팩스 / 02-983-0660
편집부 전화 / 02-980-2116 팩스 / 02-983-8201
블로그 / blog.naver.com/dreambookss

등록번호 / 제9-00046호
등록일자 / 1999년 3월 11일

값 9,000원

ISBN 979-11-313-0081-7(04810) / 978-89-542-5433-5 (세트)

* 지은이와 협의하에 인지는 생략합니다.
* 잘못된 책은 구입한 곳에서 바꾸어 드립니다.

이 도서의 국립중앙도서관 출판시도서목록(CIP)은 서지정보유통지원시스템홈페이지(http://seoji.nl.go.kr)와
국가자료공동목록시스템(http://www.nl.go.kr/kolisnet)에서 이용하실 수 있습니다. (CIP제어번호: 2014036135)

수라
왕 8

이대성 신무협 장편소설

dream
books
드림북스

차례

第一章 도군 임제학 **007**

第二章 초류향의 실력 **037**

第三章 수라의 칭호 **067**

第四章 팽가호의 고민 **083**

第五章 의외의 방문자 **099**

第六章 조금 특별한 만남 **141**

第七章 이마두 **161**

第八章 건안왕 **187**

第九章 건안왕의 유희 **215**

第十章 마법 **245**

第一章
도군 임제학

제2차 정마대전이 있었던 날로부터 정확히 한 달이 지나갔다.

그리고 새해가 밝았다.

"오늘은 손님이 오실 겁니다."

"그 녀석들인가?"

"예. 저쪽에서 미리 연락을 해 왔습니다."

"뭐, 새해 첫날에 데려가는 것도 의미가 있겠지. 그 일은 전 호법이 알아서 처리하도록 해."

"알겠습니다."

공손천기는 그 말만 남기고 안으로 들어갔다.

전박은 공손천기가 사라지고 나서도 한동안 그 자리에서 머무르다가 천천히 움직였다.

손님을 맞이할 준비를 해야 했기 때문이다.

*   *   *

"몸값을 지불하기 위해 왔소."

대략 백여 명 정도의 인원들.

그들은 모두 사천 지역 문파에 소속된 사람들이었다.

모두의 얼굴에는 불안한 기색이 역력했다.

아무래도 교주 공손천기.

그가 이곳에 와 있다는 사실이 상당한 압박감으로 작용했기 때문이다.

'그래도 오지 않을 수는 없었지.'

위걸개는 자신의 뒤쪽에 겁먹은 사슴처럼 몰려 있는 사천 지역 고수들을 보며 속으로 한숨을 내쉬었다.

이 이상 미루다가는 인질들의 안위가 어떻게 될지 알 수 없었으니까.

오늘이 천마신교에서 제시한 몸값을 지불할 수 있는 마지막 날이었다.

문 앞을 지키고 있던 천마신교의 고수들은 그들의 얼굴을 살펴보더니 곧 고개를 끄덕였다.

"오실 것이라는 연락은 받았습니다. 안으로 들어가시지요."

활짝 열려 있는 대문.

그 안으로 들어서며 사천 지역의 무인들은 모두 잔뜩 긴장한 얼굴을 해 보였다.

현재 천하제일의 위용을 뽐내고 있는 천마신교였다.

당연히 모든 행동이 조심스러울 수밖에 없었다.

뒤에 있는 우마차를 끌고 천마신교로 들어서는 사천 지역 고수들의 표정이 점점 딱딱하게 굳어 갔다.

*　　*　　*

"금액은 정확하구먼. 좋소. 인질들을 인계하지."

전박이 눈앞에 놓인 거대한 상자들을 일일이 확인한 후 입을 열자 위걸개는 고개를 끄덕였다.

"지금 바로 데려가도 되겠소?"

"그러려고 온 것 아니오?"

"그럼 인질들을 보여 주시오."

"좋을 대로."

전박이 손짓하자 연무장 옆에 자리한 거대한 철문이 엄청난 굉음을 내며 열리기 시작했다.

크그그긍―!

쿠웅―!

철문 안에 수천 명의 사람들이 지친 얼굴로 앉아 있는 것이 눈에 들어왔다.

"다들 혈도가 짚여 있지만 보시는 대로 건강 상태는 양호하오. 직접 확인하시겠소?"

"그렇지 않아도 직접 확인할 생각이었소."

위걸개가 눈짓을 하자 각파의 대표들이 깃털처럼 움직여 자기 문파 사람들을 찾아가기 시작했다.

그들은 각자 소속된 문파 사람들의 건강을 확인한 후 안도의 한숨을 내쉬었다.

놀랍게도 천마신교는 정말 약속을 지켰던 것이다.

인질들은 모두 무사했다.

위걸개는 인질들의 상태를 확인받은 뒤 입을 열었다.

"돌아가도…… 되겠소?"

여기서부터가 중요했다.

그들이 알고 있는 마교는 돈만 받고 그들을 몽땅 죽일 수도 있었기 때문이다.

천마신교가 괜히 세상 사람들에게 마교라 불리는 것이 아니니까.

위걸개가 애써 태연을 가장한 얼굴로 물어보았는데 상대는 선선히 고개를 끄덕였다.

"그러시구려."

그게 끝이었다.

그렇게 위걸개는 인질들과 함께 무사히 천마신교 사천 분타를 빠져 나왔다.

천마신교.

마교의 고수들은 정말 그들을 털끝조차 건드리지 않았던 것이다.

"……이게 끝인가?"

인질들을 인계받으러 왔던 위걸개를 비롯한 백여 명의 무인들은 천마신교 사천 분타의 문 앞에서 멍청한 얼굴로 서 있었다.

'정말…… 이게 끝이야?'

그들은 혼란스러웠다.

대놓고 말할 수는 없었지만 모두가 최악의 경우까지도 염두에 두고 있었기 때문이다.

다들 각자의 문파에 유서를 쓰고 나올 정도였으니까.

가장 전면에 서 있던 위걸개가 제일 먼저 정신을 차리고 입을 열었다.

"다들 할 말이 많겠지만 인질들의 안전이 우선이니 일단은 돌아간 후에 다시 모입시다."

"아, 알겠소."

모두가 각자의 문파로 흩어지는 것을 사천 분타의 가장 높은 망루에서 내려다보던 공손천기는 피식 웃었다.

"저놈들이 우리를 소인배들로 보고 있었구만. 기분 나쁘게."

"어리석은 놈들입니다."

"그래도 이번에는 제법 용기가 있긴 했어. 저 녀석들 입장에서는 정말 목숨을 걸고 온 것일 테니까."

"예."

"그런데 옥 호법."

"예, 교주님."

"위걸개라고 했나? 저 거지 녀석."

"예. 개방의 사천 지역 담당자입니다."

"저 녀석은 왜 왔대? 인질들 중에 개방은 없었잖아?"

천마신교의 모든 정보를 담당하고 있는 옥관호가 덤덤하게 입을 열었다.

"단순히 오지랖 같습니다."

"그래? 미친놈이네."

그때 조용히 공손천기와 옥관호의 대화를 듣고 있던 초류향이 고개를 갸웃거리며 입을 열었다.

"저 거지가 이곳에 대표로 와서 얻는 것이 아무것도 없습니까?"

"얻는 것이라……."

이 세상은 철저하게 이해득실(利害得失, 얻는 것과 잃는 것)에 바탕을 두고 돌아간다.

그것이 초류향의 생각이었고, 거기에서 벗어나는 것은 정말 몇 개 없었다.

옥관호 역시 거기까지 생각이 미쳤는지 무언가를 머릿속으로 고민하다가 손바닥을 탁하고 치면서 입을 열었다.

"저 거지가 얻는 것이 있습니다."

"뭔데?"

"명성입니다."

"명성이라……. 하긴 본 교에 들어와서 멀쩡하게 살아 나간 놈은 그다지 많지 않으니까. 제법 이름을 알리는 데에 도움이 되겠지.”

공손천기가 고개를 끄덕일 때.

옥관호가 말했다.

“게다가 조만간 개방에서 비어 있는 장로직을 선출한다고 합니다.”

“호오라? 그러니까 장로직을 위해서 목숨 걸고 도박을 했다 이건 가?”

“예. 그리고 아마 저 녀석은 목숨을 걸고 이곳에 온 것도 아닐 겁니다.”

“응? 그건 또 무슨 말이지?”

공손천기가 고개를 갸웃거리자 옥관호가 흐릿하게 웃으며 말했다.

“저놈은 우리가 자신들을 해치지 않을 것임을 확신하고 이곳까지 왔다는 말입니다.”

“제법…… 재미있는 얘긴데, 그건?”

“사실 조금만 생각해 보면 답은 나오지요. 저들을 다 죽이고 돈만 빼앗을 생각이었으면 굳이 지금까지 인질들을 살려 둘 필요가 있었겠습니까?”

공손천기와 초류향은 고개를 끄덕였다.

돈을 들고 온 것을 확인한 그 순간 여기 왔던 정도맹의 인원들을 몽땅 죽이면 그만이었다.

일부러 인질이 멀쩡하게 살아 있는 것을 보여 줄 필요는 없었던 것이다.

“인질들이 살아 있다는 것은 개방의 정보력을 통해 알아냈을 겁니다. 사천 분타로 들어가는 식량이라든가 물자들만 조사해도 바로 알 수 있었을 테지요."

"그러니까 인질들이 아직까지 무사한 것을 보고 자신들도 무사히 나갈 수 있다는 확신을 가지고 왔다?"

"예. 아마도 그런 계산까지 마치고 이곳에 온 것 같습니다."

공손천기는 옥관호의 대답에 순수하게 감탄한 얼굴을 해 보였다.

"거참, 제법 똘똘한 놈이구만. 저런 놈이라면 살려 보낼 가치가 있지."

옥관호도 고개를 끄덕였다.

하지만 작게 우려의 말을 내뱉었다.

"그래도 저렇게 제 목숨을 담보로 무언가를 얻으려 한다면 강호에서는 그다지 오래 살지 못할 것입니다. 대다수는 끝이 좋지 않았지요."

"그렇긴 하지. 결국 힘이 없으면 상대방이 마음먹기에 따라서 죽을 수도 있는 것이니까."

공손천기의 말에 초류향은 고개를 끄덕였다.

결국은 힘이 있어야 했다.

제아무리 머리가 좋고, 그것으로 수많은 변수를 계산해 낸다고 하더라도 스스로를 지킬 힘이 없다면 공허한 외침이 될 뿐이다.

"아무튼 지긋지긋했던 인질들 뒷바라지도 끝났군. 전 호법이 좋아하겠어."

"예. 큰돈을 벌었으니 전박 녀석도 기뻐하겠죠."

"그나저나 그놈은 어쩔 거야."

그놈?

옥관호는 잠시 고개를 갸웃하다가 곧 누구를 지칭하는지 알아챘다.

"도협을 말씀하시는 겁니까?"

"그래, 그놈. 도군 영감의 제자라며. 그놈 몸은 좀 어때?"

도협 강세빈.

그는 구주십오객의 한 명인 도군 임제학의 유일한 제자였다.

노진녕과의 승부에서 죽기 직전까지 타격을 입었기 때문에 도협 강세빈은 다른 인질들과 다르게 약방에서 따로 몸을 치료하고 있었다.

"다행히 몸은 회복기에 들어섰습니다. 조만간 자리를 털고 일어설 겁니다."

"그래? 다행이군."

잠시 뭔가 말을 꺼내길 망설이던 옥관호가 입을 열었다.

"……한데 도군이 정말 그 몸값을 들고 올까요? 다른 자들의 스무 배는 되지 않습니까?"

"그 정도면 싸게 먹힌 거 아닌가? 그놈에게 들어간 약값이 얼만데?"

옥관호는 쓸쓸한 얼굴을 해 보였다.

"약값도 그렇고 도협의 명성에 비하면 확실히 저희 쪽에서 제시한 금액이 헐값이긴 합니다만…… 과연 도군이 이곳까지 돈을 들고 올까요? 자존심 때문에라도 오기 힘들 것 같습니다."

"그러면 제자는 포기해야지."

옥관호는 살짝 곤혹스러운 표정을 지었다.

"……오늘 약속했던 시간까지 오지 않으면 정말로 죽이실 생각이신지요?"

"물론. 한번 내뱉은 말은 지켜야 하니까."

"……역시 그래야겠지요?"

"그 영감이 강호에서 제법 명성이 있다지만 우리가 신경 써야 할 정도는 아니야, 옥 호법."

"알겠습니다."

옥관호는 수긍한 얼굴로 한 걸음 물러섰다.

도군 임제학이 유명한 이유는 그가 다른 자들과는 달리 그 어떤 세력도 형성하지 않고, 오로지 혼자만의 힘으로 구주십오객 중 하나가 되었기 때문이다.

그랬기에 그는 단순히 무력만 놓고 보았을 때, 삼황오제칠군의 칠군 중에서 가장 강하다 평가받고 있었다.

도군은 천마신교가 포섭하려 했던 대상 중 하나였기에 옥관호는 개인적으로도 아까운 마음이 있었다.

그때 공손천기가 히죽 웃으며 말했다.

"옥 호법은 그 영감이 이곳에 올 것 같아?"

옥관호는 잠시 생각하다가 고개를 저었다.

도군 임제학은 그 명성만큼이나 높은 자존심으로 유명했다.

돈을 들고 제자의 목숨을 흥정하러 올 것이라고는 도저히 생각이 되지 않았던 것이다.

"나는 말이야, 자네와는 다르게 그 영감탱이가 이곳에 올 거라고 확신하고 있어."

"예?"

"그 콧대 높은 영감은 반드시 와. 내가 장담하지."

공손천기의 말을 듣고 있던 옥관호는 혼란스러운 얼굴을 하다가 곧 고개를 숙였다.

눈앞에 있는 공손천기가 내뱉은 말이다.

결코 틀릴 리가 없었다.

"어렵게 얻은 제자잖아? 자존심이나 허명 따위를 이유로 포기하는 일은 절대 없을 거야. 그런 멍청이는 세상에 그리 흔하지 않거든."

공손천기는 말을 하며 옆에 있는 초류향의 머리칼을 헝클어트린 후 툴툴 웃었다.

"나 역시 마찬가지니까. 그럴 리는 없겠지만 만약 이 녀석이 인질로 잡힌다면…… 나도 모든 것을 내놓고 찾아갈 거거든."

초류향은 공손천기의 직설적인 말에 자신도 모르게 벌겋게 변한 얼굴을 감추며 안경을 매만져야 했다.

그의 스승님은 늘 이런 식이었다.

'표현이 너무 직설적이시다.'

하지만 늘 진심이었기에 초류향은 공손천기의 이 낯부끄러운 표현을 담담하게 받아들일 수 있었다.

그렇게 초류향이 애써 덤덤한 표정을 짓고 있을 때였다.

"이제 시간이 얼마 남지 않은 거지?"

"예…… 대략 일다경 정도만 지나면 약속했던 시간입니다."

"흐음…… 그래? 일이 재미있게 돌아가겠구만."

공손천기는 눈을 가늘게 뜨고 저 먼 어딘가를 바라보았다.

옥관호는 약간 안절부절못하며 그런 교주의 눈치를 살피다 생각했다.

'교주님의 말이 틀리신 걸까?'

그렇게 된다면 입장이 굉장히 난처해진다.

저렇게 자신 있게 말을 내뱉었는데 교주가 틀렸다면?

옥관호가 그런 여러 가지 아찔한 상상들을 하고 있을 때.

공손천기가 다시 물었다.

"시간이 되었나?"

옥관호는 퍼뜩 정신을 차리고 시간을 확인했다.

그리고 어색한 얼굴로 고개를 끄덕였다.

"예. 약속된 시간입니다."

공손천기는 야릇하게 웃으며 입을 열었다.

"좋군. 그럼 도협 강세빈, 그 애송이를 이곳으로 끌고 와."

"……존명."

옥관호가 수하들에게 손짓으로 명령하는 그 순간.

저 멀리서 엄청난 먼지바람이 일어나기 시작했다.

옥관호가 눈을 가늘게 뜨고 바라보자 그 먼지바람 끝에 어떤 사람이 서 있었다.

엄청난 속도로 사천 분타로 다가오는 사람.

'도군 임제학!'

정말로 온 것이다.

그 자존심 강한 노인이!

옥관호가 새삼 놀랍다는 얼굴로 공손천기를 바라보고 있을 때.

공손천기가 입을 열었다.

"그럼…… 슬슬 손님 대접을 해 볼까?"

"예?"

"약속시간이 지났잖아? 그러니까 그 애송이를 죽여야지."

"그, 그렇긴 하지만……."

옥관호는 설마 정말로 공손천기가 도협 강세빈을 죽일 생각을 하고 있을까 봐 걱정이 되었다.

도군은 그 어떤 곳에도 소속되어 있지 않지만 그만큼 강호에서 많은 인망을 쌓은 사람도 드물었다.

늘 약자 편에 서서 싸워 왔기 때문이다.

가급적 죽이고 싶지 않은 자였다.

"옥 호법은 그저 지켜보고만 있어. 이제부터 아주 재미있어질 테니까."

공손천기가 음흉하게 웃는 그 순간.

멀리서 엄청난 속도로 다가온 도군이 그대로 대문과 충돌했다.

콰아아앙—!

거대한 대문이 마치 종잇조각처럼 찢겨 나가며 도군 임제학이 사천 분타 안으로 성큼 들어섰다.

그는 먼지투성이가 된 상태로 곧장 망루 위를 바라보며 입을 열었다.

"내 제자를 돌려받으러 왔다."

흉흉한 기세.

전신에서 거친 야성미를 사방으로 뿜어내는 우락부락한 노인을 내려다보며 공손천기는 미소 지었다.

그리고 이어서 초류향을 슬쩍 보았다.

'무슨⋯⋯.'

잠깐 마주친 공손천기의 미소가 그 어느 때보다 사악하게 느껴지는 초류향이었다.

잠시 말없이 두 사람을 번갈아 바라본 공손천기가 음흉하게 웃으며 툭 내뱉었다.

"누구 맘대로?"

"⋯⋯뭐?"

"누구 맘대로 제자를 돌려받으러 온 거야?"

임제학의 눈가에 잔경련이 일어날 때.

공손천기는 난간에 몸을 기대며 입을 열었다.

"우리가 그쪽이 원하면 뭐든지 원하는 대로 해 주는 곳으로 보이나 보지? 본 교가 그리 우습게 보이나?"

임제학은 분노로 얼굴이 벌겋게 상기되었으면서도 애써 침착한 표정을 지으려 노력했다.

그는 천천히 거칠어지는 호흡을 고른 뒤 소매에서 작은 주머니를 꺼내어 앞에 던지며 말했다.

툭—

"너희들이 원하는 몸값이다. 가져가라."

공손천기는 피식 웃으며 말했다.

"이제 필요 없어. 돈 따위는 이미 충분할 만큼 벌었거든."

상대방은 일부러 그를 무시하고 있었다.

임제학은 그 사실을 알았지만 감히 발작하지 못했다.

스스로의 목숨이 아까워서?

아니다.

그는 자신의 목숨보다 잡혀 있는 제자의 목숨을 염려했다.

그랬기에 함부로 죽어 줄 수도 없었던 것이다.

끼이익—

그때 옆에 있던 작은 쪽문이 열리고 그곳에서 마교의 무사들이 무언가를 들것에 들고 다가왔다.

그리고 들것에 실려 있는 '무언가'를 바라보는 순간 임제학의 몸이 가늘게 떨려왔다.

들것에 실려 있는 사람은 바로 그의 하나뿐인 제자였다.

"걱정하지 마. 죽지는 않았어, 아직은. 하지만 곧 죽겠지."

공손천기의 친절한 설명에 임제학은 고개를 돌려 그를 노려보았다.

"네가 마교의 교주인 공손천기인가?"

"그래. 우리는 초면이지?"

초면이지만 대문을 들어오는 순간부터 서로가 누구인지 바로 알 수 있었다.

"……나에게 무엇을 원하는 것이냐? 교주."

임제학의 대답을 듣는 순간 공손천기는 고개를 끄덕였다.

드디어 상대방에게서 원하는 말이 나왔기 때문이다.

"원래대로라면 자네의 제자를 죽였어도 그쪽은 딱히 할 말이 없었을 거야. 맨 처음 우리 쪽에서 제시했던 시간을 지키지 못했으니까."

"……!"

임제학은 이를 부득부득 갈았다.

그의 입장에서는 정말 어쩔 수 없이 늦은 것이다.

돈을 모으는 데 시간이 걸렸으니까.

소속 문파도 없고, 힘 있는 가문 출신도 아닌 임제학이었기에 갑작스럽게 큰 금액을 모으기 위해서는 아무래도 제법 긴 시간이 걸릴 수밖에 없었다.

"하지만 자네에게 한 번 더 기회를 주지, 도군."

임제학은 공손천기를 바라보며 자신의 칼 손잡이를 가볍게 매만졌다.

'기회?'

불길한 단어였다.

지금 저 괴물과 싸우면 반드시 죽는다.

도저히 저 얄미운 괴물을 이길 자신이 없었던 것이다.

실제로 마주해 본 천하제일마 공손천기는 듣던 것 이상이었으니까.

대체 얼마나 대단한 수준에 이르러 있는지 임제학으로서도 감히 짐작이 되지 않을 정도였다.

그때 공손천기가 손가락 관절을 시원하게 풀며 입을 열었다.

우두둑—

"여기까지 온 김에 생사비무나 한번 하지."

"……뭐?"

생사비무.

말 그대로 목숨을 걸고 싸운다는 뜻이다.

임제학의 눈동자가 크게 뜨여졌다.

천하제일이라 불리는 공손천기와 생사비무라니…….

붙는다면 필패였다.

하나 상대방이 저렇게 노골적으로 제의한 것을 거부할 수도 없는 노릇.

임제학의 표정이 급격하게 어두워질 때 공손천기가 입을 열었다.

"그렇게 겁먹지 마. 자네 상대는 내가 아니라 이 아이니까."

툭—

초류향은 자신의 몸을 가볍게 앞으로 밀어내는 공손천기를 보며 잠시 멍한 얼굴을 해 보였다.

갑자기 이게 무슨 행동일까?

자신에게는 사전에 아무런 이야기도 해 주지 않았는데?

초류향의 표정을 힐긋 본 공손천기의 입가에 걸린 웃음이 더더욱 짙어졌다.

"어때? 이 정도면 해볼 만하겠지?"

"……"

임제학의 표정도 처음에는 초류향과 그다지 다르지 않았다.

당황스럽고 어처구니없다는 기색이 역력했던 것이다.

그리고 연이어 떠오르는 감정은 선명한 분노였다.

"……모욕적이군."

이건 대단한 모욕이었다.

임제학.

그가 누군가?

화경의 경지에 들어서 이미 삼황을 제외하고는 적수가 없다고 알려져 있는 사람이 아닌가?

오제(불제, 검제, 도제, 창제, 권제)의 다섯 명.

그들조차도 감히 도군 임제학과의 승부를 장담할 수가 없었다.

임제학이 구주십오객에서 그 위치가 가장 낮은 칠군으로 불리는 이유는 단 하나였다.

그가 세력이 없기 때문이다.

공손천기는 임제학의 이런 반응을 예상했는지 시종일관 느긋했다.

"자네가 이기면 몸값도 받지 않고 자네 제자를 돌려주지."

임제학은 칼 손잡이를 만지며 눈을 가늘게 떴다.

모욕을 받았으면 분노하면 된다.

그리고 그 분노는 이제 가야 할 곳을 정했다.

스릉—

콰카카칵—!

칼이 언제 뽑혔는지도 모르게 바닥에 깊고 기다란 선이 그려졌다.

"내가 이기면 네 제자의 목숨은 없다."

임제학이 씹어 내뱉듯이 말을 하자 공손천기는 웃었다.

"가능하면 그렇게 해도 좋아."

공손천기는 상대방을 일부러 도발했다.

임제학이 분노해서 진심으로 화를 내길 원했던 것이다.

공손천기는 어느새 덤덤한 표정을 짓고 있는 제자를 바라보며 소곤거렸다.

"봤지? 이제부터 저 무례한 영감탱이가 죽일 듯이 달려들 거야."

"……."

그거야 스승님이 도발했기 때문이 아닌가?

그렇게 말하고 싶었지만 초류향은 그저 모든 것을 수긍하는 눈으로 가만히 서 있었다.

공손천기가 작정하고 벌인 일이다.

이제 와 저항해 봐야 무의미했다.

"너는 이번에 순수한 무공만으로 저 영감을 상대하거라."

"……?"

이건 진법을 사용하지 말라는 뜻이다.

하나 초류향은 이제 별로 놀라지도 않았다.

스승님의 숨겨진 의도가 무엇인지 아직도 잘은 모르겠지만 상관없었다.

'그래, 하라면 하면 되는 거다.'

생각해 보니 딱히 그 의도를 파악할 필요가 없었다.

괴로워할 필요도, 자신에게 이런 일을 시키는 이유도 생각할 필요가 없다.

스승님은 그에게 해가 될 행동은 '절대' 하지 않는 분이시니까.

지금 이렇게 갑작스럽게 지시를 했다면 거기에는 그만한 이유가 있을 것이다.

'이렇게라도 믿어야지…….'

초류향은 속으로 그렇게 작게 투덜거리며 망루의 난간 위에 올라섰다.

그리고 가볍게 아래로 뛰어내렸다.

턱—

지면에 착지했는데 실제로는 전혀 소리가 나지 않았다.

임제학은 그런 초류향을 보면서 고개를 갸웃했다.

"너는 죽는 게 무섭지도 않느냐?"

초류향을 보는 순간 임제학은 알았다.

이 녀석은 자신의 상대가 되지 못한다는 것을.

나중에야 모르겠지만 적어도 지금은 그의 상대가 아니었다.

그렇다면 저 녀석이 취해야 할 행동은 한 가지였다.

그의 스승인 교주를 설득해서 지금의 이 생사비무를 취소하는 것.

한데…… 이 꼬마 놈은 그렇게 하지 않았다.

그냥 덤덤한 얼굴로 앞으로 걸어 나오는 것이다.

"죽는 게 무섭지 않은 사람도 있습니까?"

"내가 보기엔 네가 그렇다."

"전 죽는 게 무섭습니다."

"그럼 너는 네 스승을 설득해 이 싸움을 취소하는 게 좋을 게다. 그렇지 않으면 나는 너를 죽일 테니까."

"무섭군요."

초류향은 희미하게 웃었다.

눈앞에 있는 노인이 얼마나 강직한 성격인지 방금의 한마디로 알 수 있었기 때문이다.

강호에는 어울리지 않는 친절함이다.

그 친절함에 초류향이 해 줄 말은 한 가지뿐이다.

"기회가 온다면 망설이지 마십시오. 망설인다면 죽는 건 그쪽이 될 겁니다."

"……!"

도군 임제학의 눈동자에 떠올라 있던 측은함이 곧 뜨거운 분노로 바뀌었다.

순간적으로 이런 어린아이를 베는 것이 싫어서 기회를 준 것인데 되레 모욕을 받은 것이다.

"오늘 마교의 미래를 꺾어 주지."

지금 여기서 천마신교의 소교주를 죽이게 되면 자신은 물론 그의 제자도 살아 나갈 수 없을지도 모른다.

교주가 가만있지 않을 테니까.

하지만 이런 모욕을 받고도 가만히 있는다면 살아 있어도 산 것이 아니다.

"가능하면 그렇게 해 보시는 것도 좋을 겁니다."

"너는…… 무척이나 오만하구나."

버릇을 고쳐줘야 했다.

크게 훈계를 내려 줄 생각인 것이다.

임제학이 화가 난 얼굴로 칼 손잡이를 쥐고 있는 손에 힘을 줄 때.

초류향 역시 진지한 얼굴로 양쪽 소매를 한 번 말아 올렸다.

'진법을 쓰지 말라고?'

그동안 가장 자연스럽게 써 오던 진법을 이번에는 쓸 수 없었다.

순수하게 무공만으로 상대방을 제압해야 하는 것이다.

'그래도 부족하진 않지.'

초류향은 흐릿하게 웃었다.

머릿속에 이미 수십 가지 무공들이 들어 있었다.

하지만 역시 지금 눈앞에 있는 상대와 겨루기 위해서는 단 하나의 무공만이 필요했다.

'수라환경.'

그것이면 족했다.

그리고 전력을 다해야 했다.

상대방은 정말이지 만만치 않았으니까.

천천히, 하지만 느리지는 않게 초류향이 몸을 움직였다.

그 기묘한 움직임을 가만히 지켜보던 임제학의 눈동자에 의혹의 빛이 떠올랐다.

동시에 분노로 부들부들 떨리던 그의 손이 천천히 침착해졌다.

'이 꼬마 녀석……'

심상치 않았다.

처음에는 단순히 공손천기가 미친 것인 줄 알았다.

제자에 대한 자부심이 있는 것은 좋다.

하지만 애초에 이게 말이나 되는 승부인가?

결과가 뻔한 승부에서 헛소리를 하는 것이라 생각했다.

한데…….

'과연 천마신교라 이건가?'

고수는 상대방의 발걸음, 숨소리, 눈빛만 봐도 그 수준을 짐작할 수 있었다.

임제학은 맨 처음 분노로 눈이 흐려져 초류향을 제대로 보지 못했다.

아니, 공손천기에게 너무 신경이 집중되어 있어서 초류향이라는 존재에 대해서 그다지 신경 쓰지 않았다는 것이 정확한 표현일 터.

'새끼 호랑이…… 아니, 벌써 사냥에 나설 수 있을 정도로 자란 호랑이인가?'

임제학은 초류향의 움직임을 뚫어져라 바라보면서 칼 손잡이를 쥐고 있던 손에서 천천히 힘을 뺐다.

이런 건 분노의 힘으로 상대해선 안 된다.

쓸데없는 힘을 빼고 집중해서 한 번에 결정을 지어야 하는 것이다.

임제학이 호흡을 길게 잡아가자 초류향 역시 천천히 움직이며 더더욱 느리게 다가오기 시작했다.

공손천기는 망루에서 그 모습을 내려다보며 턱을 난간에 괴었다.

"저걸 어떻게 생각하나, 우리 호법님들께서는?"

"말려야 하지 않겠습니까?"

어느새 나타난 선우조덕이 걱정스러운 얼굴로 말하자 주상산과 우규호.

갑작스럽게 등장한 두 호법이 동시에 고개를 저었다.

"아니, 할 만하다."

"뭐?"

"약쟁이, 네가 아직 보는 눈이 없어서 잘 모르나 본데……."

주상산은 턱을 쓰다듬으며 기대감 어린 눈빛으로 초류향을 바라보았다.

"소교주님께서는 지금 놀랍도록 대응을 잘하고 계신 거다."

"그런가? 하긴 식충이 영감들이 무공 쪽으로는 나보다는 나으니까."

식충이라는 말에 우규호가 움찔했지만 곁에 있는 공손천기를 생각해서 화를 가라앉혔다.

그리고 작게 투덜거리듯이 입을 열었다.

"문제는 도군이야."

우규호는 얼굴을 찡그리며 도군 임제학을 바라보았다.

"저놈은 이제 전혀 방심하지 않고 있어. 우리 소교주님 입장에서는 일이 아주 힘들게 된 거다."

34 수라왕

방심하지 않고 진지하게 상대를 바라본다.

단순한 마음가짐의 변화였지만 그것만으로도 초류향은 엄청난 압박감을 느껴야 했다.

초류향이 전진하는 속도가 눈에 띄게 더뎌졌다.

이제는 거의 제자리에 멈춰 있는 수준.

공손천기는 그 모습을 보며 흐릿하게 웃었다.

'수라환경은 본래부터 후퇴를 모르는 무공이지.'

천마신공에서 파생되어 나왔지만 본래 천마신공이 가지고 있던 장점만을 극대화한 것이 수라환경이다.

덕분에 수라환경은 파괴적이고 공격적인 부분에서는 그 어떤 무공보다도 뛰어났다.

달리 천하제일의 무공이라 부르는 것이 아니다.

'이제 너는 어떻게 저 영감을 처리할 거냐?'

방심하지 않는 임제학.

그는 제자리에 서서 그 어떤 행동도 취하지 않았지만 움직이지 않기에 철벽보다 견고해 보였다.

초류향을 내려다보는 공손천기의 얼굴에 점차 호기심이 번져 나갔다.

임제학과 마주하고 있는 그의 제자.

초류향이 그동안 진법을 적극적으로 사용해서 적들을 격퇴해 온 것은 여러 번의 보고서를 통해서 이미 알고 있었다.

문제는 너무 진법에만 의존한다는 것이다.

그것은 공손천기가 보기엔 그다지 좋지 않은 현상이었다.

자신의 제자가 진법에 뛰어난 소질이 있고, 실제로도 잘한다는 것은 알고 있었다.

하지만 그에 못지않게 무공에도 대단한 소질이 있지 않은가?

이제는 그것을 보여 줘야 할 시점이다.

무공으로도 충분히 난관을 돌파할 수 있음을 스스로가 깨달아야 하는 것이다.

'제자야, 네가 익힌 무공을 나에게 보여 주는 것이 아니다. 너 스스로에게 보여 주고 증명하라고 이런 자리를 만든 거다. 그러니 망설이지 마라.'

공손천기가 그렇게 생각할 때쯤.

변화가 생겼다.

임제학이 앞으로 성큼 걸음을 옮긴 것이다.

그리고 그와 동시에 초류향과 임제학이 서로를 향해 날카롭게 달려들었다.

第二章

초류향의 실력

'두 발자국.'

초류향의 이마에 송골송골 땀방울이 맺혔다.

그는 잠시 제자리에 멈춰 서서 고민해야 했다.

상대방의 영역과 자신의 영역이 겹치는 거리.

그 거리까지 이제 고작 두 발자국 남았다.

한데 곤란한 것은 상대방에게서 빈틈이 전혀 보이지 않는다는 점이다.

'그래도 물러설 수 없겠지.'

수라환경은 애초에 물러서는 법이 없었다.

그랬기에 일견 멈춰 서 있는 듯 보여도 사실은 눈에 보이지도 않을 만큼 미세하게 초류향은 앞으로 나아가고 있었다.

그 모습을 가만히 지켜보던 임제학이 갑자기 앞으로 성큼 다가왔다.

둘 사이의 거리가 예고도 없이 좁혀지고 동시에 둘의 영역이 겹쳐졌다.

초류향의 동공이 크게 확장되는 그 순간.

임제학과 거의 동시에 초류향이 앞으로 달려들었다.

치이이익—!

임제학의 칼집에서 칼이 뽑혀 나오며 공기가 빠르게 타들어 갔다.

그만큼 엄청난 속도로 칼을 뽑아낸 것이다.

'발도술.'

지켜보던 공손천기는 흥미로운 얼굴을 해 보였다.

사실 강호에서는 저런 발도술은 잘 쓰지 않는다.

왜냐하면 전력을 다해 발도술을 사용하고 나면 잠시 동안 무방비 상태가 되기 때문이다.

그랬기에 강호에서는 칼을 미리 뽑아 놓은 상태에서 여러 가지 형태로 움직이며 크게 휘두르는 것만을 선호했다.

하지만…….

'그런 건 겁쟁이들이 칼 쓰는 방법이지.'

임제학은 그렇게 생각했다.

그가 영향을 받은 것은 왜도법(倭刀法, 일본식의 칼 쓰는 방법).

왜도법에는 바로 칼을 뽑아 쓰지 않고 칼집에 넣어 둔 상태로 상대와 겨루는 이런 발도술이 무척이나 흔했다.

그는 화경의 경지에 들기 전부터 발도술이 장기였고, 화경에 들고서도 남들과 다르게 발도술을 고집해 왔다.

일도필살(一刀必殺, 한 번의 칼질로 반드시 죽임).

필생의 각오로 칼을 뽑아 휘두르는 것이다.

그 일도를 받아 낸 사람은 여태껏 단 한 명도 없었다.

초류향 역시 마찬가지였다.

임제학의 발도술에 생명의 위협을 느껴야만 했으니까.

'빠르다.'

상대방의 낮은 자세를 보고 이미 발도술을 사용할 것임을 알았다.

그렇게 미리 알고 있었음에도 불구하고 도군 임제학의 발도술은 정말 무시무시했다.

쐐애애액—!

순간적으로 머릿속이 새하얗게 변하며 어떻게 대응해야 할지 갈피를 잡지 못했다.

하나 머릿속이 텅 빈 그 순간에도 초류향의 몸은 착실하게 움직이고 있었다.

그동안 머릿속으로 수십 번, 수백 번, 아니 수천 번, 수만 번 반복해 왔던 무공들.

그것들이 직접 육체를 통해 발현되는 것이다.

앞으로 한 걸음 내디딘 발을 시작으로 전신의 기운이 허리를 타고 흘러 양손에 맺혔다.

동시에 초류향의 시야에 보이던 모든 사물이 느릿하게 흘러가기 시작했다.

고도로 집중한 탓이다.

초류향은 사선으로 쏘아져 오는 칼끝을 바라보다 두 손으로 부드럽게 덮었다.

칼을 감싼 두 손에서 화끈한 통증이 밀려왔지만 참았다.

아니, 반드시 참아야만 했다.

그렇지 않으면 죽을 테니까.

초류향은 두 손으로 감싼 칼이 멈추지 않고 자신의 목을 노리며 쇄도해 오는 것을 천천히 지켜보다가 전력을 다해서 칼끝을 위쪽으로 비틀어 올렸다.

힘이 진행되는 방향을 아주 조금.

결정적인 순간에 미세하게 바꾼 것이다.

그게 초류향을 살렸다.

사아아악—!

이마 위쪽으로 지나가는 선뜩한 기척을 느끼며 초류향은 내달렸다.

강기로 덮인 칼을 맨손으로 잡았으니 초류향의 두 손은 이미 피가 철철 흐르고 있었고, 강한 힘에 저항하느라 내상을 입었기에 입 안에서는 비릿한 쇠붙이 맛이 느껴졌다.

하지만 망설일 수는 없었다.

'한 방.'

초류향은 주먹을 움켜쥐고 급격하게 좁혀진 둘 사이의 거리를 보며 정권을 내질렀다.

휘오오오—!

강력한 힘이 응집된 그 한 방을 지켜보던 도군 임제학의 대응은 정말로 탁월한 것이었다.

뻐어억—!

팔꿈치.

초류향은 자신의 주먹을 막아 낸 상대방의 기막힌 한 수에 감탄하며 뒤로 훌쩍 밀려 나갔다.

'대단하다.'

초류향은 입과 코에 흐르는 피를 소매로 닦아내며 눈을 빛냈다.

맨손으로 칼을 받아내는 것.

흔히 공수입백인(空手入白刃)이라고 부른다.

최상승의 무공이지만 딱히 어떻게 하라는 방법이 정해져 있지는 않았다.

하나 요점은 간단했다.

한 손을 사용하든 두 손을 사용하든 어떻게든 칼을 받아 내는 것이다.

방금 초류향은 도군 임제학의 칼을 완벽하게 받아 낼 자신이 없었다.

그랬기에 힘의 방향만 옆으로 적당히 바꿔 버린 것이다.

방법이야 어떻든 받아 냈다는 사실이 중요했다.

칼을 받아 내면 그다음은 맨손이 압도적으로 유리하니까.

둘 사이의 거리가 급속도록 가까워지기 때문이다.

그랬기에 초류향은 뒤로 물러서지 않고 위험을 감수하면서 접근했던 것이다.

'그런데…….'

분명 서로의 숨결도 느낄 수 있을 만큼 가까운 거리였다.

당연히 크게 한 방 먹일 수 있을 거라 생각했는데, 그 짧은 순간에 임제학은 팔을 접어서 팔꿈치로 일격을 막았다.

엄청난 임기응변이었다.

'그래도 소득은 있었다.'

초류향은 자신의 작은 주먹 끝에 걸렸던 묵직한 느낌을 되새기며 다시 한 번 기회를 엿봤다.

팔꿈치로 막았다곤 하지만 단지 그것뿐이었다.

완벽한 대응은 아니었기에 내부에서부터 부서지는 느낌이 전해져 왔던 것이다.

임제학은 지금 두 손으로 칼을 쥐고 있었지만 미묘하게 한쪽으로 균형이 어긋나 있었다.

그 모습을 보며 초류향은 확신했다.

'이길 수 있다.'

초류향은 자신의 두 손에서 감각이 없어져 가는 것을 애써 무시하며 주먹을 움켜쥐고 자세를 잡았다.

여리여리했던 두 손바닥의 피부는 이미 다 벗겨져 피가 철철 흐르고 있었고, 내부는 용암처럼 들끓고 있었다.

그것이 임제학의 일격을 흘린 대가.

하지만 초류향은 오히려 투쟁심을 불태웠다.

이만하면 충분히 해볼 만하다고 여긴 것이다.

뿌드득—

임제학은 어금니를 깨물었다.

팔꿈치 뼈가 으스러진 느낌이다.

'방심했다.'

굴욕적이었다.

여태껏 그의 발도술을 이렇게 쉽게 막아 낸 놈은 단 한 명도 없었다.

기껏해야 멀찍이 도망쳐서 피할 뿐, 지금 소교주처럼 발도술을 옆으로 흘려내고 오히려 몸 안 깊숙이 파고들어 와 일격을 날린 놈은 없었던 것이다.

게다가 저놈은 맨손이지 않은가?

'위험한 놈이다.'

본능이 강하게 경고해 왔다.

고작 저 나이에 이 정도의 재주를 보이는데 시간이 더 지나면 얼마나 대단한 마귀가 될지 알 수 없었다.

그 전에 죽여야 했다.

그렇게 초류향을 죽이기로 강하게 마음먹은 순간 임제학이 빠른 속도로 움직였다.

동시에 그의 칼끝에서 붉은색 뇌전이 이글거리기 시작했다.

빠직—

빠지지직—!

현재의 도군 임제학을 만들어 준 무공.

'적뢰도천파(血雷刀天破).'

붉은색 뇌전 강기가 칼끝을 타고 흘러 초류향의 상체를 사납게 할퀴어 갔다.

초류향은 덮쳐 오는 상대방의 강한 기세를 보며 얼굴을 찌푸렸다.

조금 전과 그 기세가 완전히 달랐던 것이다.

게다가 공격 방식 역시 가장 단순하면서도 확실했다.

위에서 아래로 내려찍는 도법.

어떤 무공에도 다 있는 태산압정(泰山押頂, 태산처럼 내리누름)의 초식이었다.

초류향은 눈을 빛냈다.

동시에 초류향의 몸에서 핏빛의 기운이 구름처럼 뿜어져 나왔다.

무공이라면 초류향 역시 만만치 않았던 것이다.

'수라환경 이 장 제1초식.'

거꾸로 승천하는 용처럼 초류향이 몸을 사선으로 빠르게 뒤집으며 임제학의 일격을 아슬아슬하게 피했다.

머리는 아래로 향했고 쭉 뻗은 오른쪽 다리는 임제학의 턱을 노려 갔다.

회피와 공격을 같이 할 수 있는 무공.

'혈풍격(血風擊).'

빠악—

둔탁한 타격음과 함께 임제학의 몸이 일순 균형을 잃고 비틀거렸다.

그와 함께 초류향은 날쌘 고양이처럼 뒤로 멀찍이 떨어져서 착지한 후에 무언가 불편한 얼굴을 해 보였다.

그 모습을 지켜보고 있던 공손천기는 낮게 혀를 찼다.

"쯧. 힘이 부족했다."

우규호 호법과 주상산 호법도 아쉬운 표정을 지었다.

초류향은 바닥에서 한쪽 다리를 살짝 들어 올린 상태로 임제학을 노려보고 있었다.

"……위험했군."

도군 임제학은 의미심장하게 웃었다.

최후의 순간 임제학은 기운을 모아서 턱을 당기고 단단한 이마를 앞으로 내밀어 초류향과 충돌한 것이다.

그때의 충돌로 잠시 정신이 어질어질하긴 했지만 분명한 소리를 들었다.

우득—

초류향의 발목뼈가 어긋나는 소리였다.

'경험이 부족했다.'

공격을 들어가면서 초류향은 확신했다.

이번 공격이 성공할 것이라 자신했다.

한데 아니었다.

임제학은 노련했고, 경험 또한 풍부했다.

그는 이런 위기 상황에도 얼마든지 당황하지 않고 대처할 수 있었던 것이다.

"끝이군."

"……."

초류향은 퉁퉁 붓기 시작하는 발목을 바라보며 어두운 얼굴을 해 보였다.

단순히 내력이나 힘만으로는 임제학을 상대할 수 없었다.

초류향이 그나마 유리했던 점은 작은 몸으로 빠르게 움직이는 속도 였는데…… 이제는 그 유리함마저 없어져 버렸다.

한쪽 발로 바닥을 지탱하고 발목뼈가 뒤틀린 다른 발은 깨금발을 짚고 서서 초류향은 주춤주춤 앞으로 걸어갔다.

그 모습을 보며 임제학은 눈가를 씰룩거렸다.

이 와중에도 저 꼬마 놈은 물러설 생각을 하지 않는 것이다.

'내가 우습게 보이는 건가?'

저런 상태의 꼬마라면 제아무리 놈이 무공의 천재라 하더라도 자신 을 이길 수 없었다.

임제학은 힐긋 고개를 들어 공손천기를 바라보았다.

마침 공손천기 역시 임제학을 내려다보고 있었다.

둘의 눈이 마주치자 공손천기는 흐릿하게 웃어 보였다.

'말릴 생각이 없다. 이거냐?'

끝을 보아야겠다면 그래 주겠다.

임제학이 그렇게 마음먹고 칼을 들어 올리자 초류향 역시 갑자기 자 리에서 걸음을 멈추었다.

그때 망루 위에서 지켜보던 공손천기가 작게 중얼거렸다.

"이제 장난 그만 치고 전력을 다해라, 제자야. 네 앞에 있는 영감은 그다지 호락호락하지 않으니까. 마지막에는 예의를 다해 줘야지."

임제학이 얼굴을 찌푸렸다.

저 말이 무슨 뜻일까?

그동안 장난이라도 쳤다는 말인가?

자신을 상대로?

기분이 불쾌해졌다.

그때 공손천기의 말을 들은 초류향이 어깨를 움찔거렸다.

무언가 찔끔한 기색.

그러다 천천히 호흡을 고르며 두 팔을 앞으로 편하게 들어 올렸다.

'무슨 개수작을……?'

임제학이 그 모습을 가만히 보고 있을 때.

초류향이 서서히 양쪽 팔에 차고 있던 거무튀튀한 팔찌를 풀었다.

후욱—

팔찌를 풀었지만 눈에 띄는 변화는 없었다.

'하지만…….'

무언가가 변했다.

그게 뭐지?

임제학이 찜찜한 표정으로 고개를 갸웃거릴 때 초류향은 고개를 들었다.

그리고 시선이 마주치는 순간 임제학은 자신도 모르게 눈살을 찌푸렸다.

'이놈…….'

저놈의 뭐가 어떻게 변한 것인지는 알 수 없었다.

하나 한 가지 확실한 것은 저 꼬마 놈의 눈에 조금 전까지는 없던 것이 생겨 버렸다는 사실이다.

그것은 너무도 분명한 '자신감'이었다.

뚜둑—

갑자기 소교주의 뒤틀려 있던 발목이 뼛소리를 내며 빠르게 맞춰지기 시작했다.

월인도법.

신체를 가장 완벽하게 통제하는 그 무공이 발동된 것이다.

월인도법의 기운이 주변의 근육들을 움직여 강제로 뼈를 맞춰 갔다.

하나 그 사실을 알 리 없는 임제학은 잠시 괴물 보듯이 초류향을 바라보았다.

"후우."

초류향은 깨금발을 짚고 있던 발로 바닥을 가볍게 툭툭 쳤다.

아직도 미약하게 시큰거리기는 했지만 그래도 임시방편은 되었다.

"이번에는 제가 먼저 가겠습니다. 도군."

도군 임제학은 흐릿하게 웃었다.

"……내가 많이도 우습게 보였나 보군."

빠지지지직—

임제학의 검에 다시금 붉은 뇌전 강기가 크게 일렁거렸다.

여태까지와는 다른 엄청난 크기의 붉은 강기다.

하나 그것을 바라보는 초류향의 얼굴에서는 조금의 두려움도 찾아볼 수 없었다.

천천히 양손을 앞으로 모았다가 뻗자 초류향의 손에서도 희미한 핏빛 강기가 일렁거렸다.

"그럼 갑니다."

팟—!

초류향의 몸이 사라지는 그 순간.

그 광경을 지켜보던 공손천기의 입가에 가느다란 미소가 떠올랐다.

*　　　*　　　*

운휘가 몸을 일으킨 것은 그 날의 사고 이후로 대략 한 달이 지난 시점이었다.

자리에서 일어나 한참 멍하게 앉아 있는데 누군가가 문 앞을 지나가다가 불쑥 들어왔다.

"어라? 복면, 이제 살 만하냐?"

"……."

전신에 붕대를 칭칭 감고 등장한 사내.

노진녕이었다.

침상에 앉아 그를 가만히 바라보던 운휘가 입을 열었다.

"……소교주님은?"

역시나 그가 가장 먼저 묻는 것은 초류향의 안부였다.

"무사하시다. 내가 곁에 있었는데 털끝 하나 다칠 리가 있겠냐? 음하하핫!"

노진녕이 붕대를 칭칭 감은 상태로 콧바람을 내쉬며 말하자 운휘의 눈가에는 안도감이 떠올랐다.

그리고 피식 웃었다.

저 꼴을 하고 있는 상태에서도 저런 농담을 하는 걸 보면 천성이 이런 놈인 건가 싶었기 때문이다.

그런 운휘의 이곳저곳을 살펴보던 노진녕이 새삼 신기하다는 얼굴로 중얼거렸다.

"근데 이제 몸은 좀 괜찮은 거냐? 너 거의 반송장이었는데 이렇게 일어나서 말도 하는 걸 보니…… 약제당주가 정말 대단하긴 대단한가 보네."

운휘는 잠시 자신의 몸 상태를 확인해 보고 고개를 끄덕였다.

그냥 힘이 없고 나른한 점 외에는 딱히 불편한 곳이 없었다.

운휘 정도나 되는 화경의 고수가 거의 한 달여를 자리보전해야 할 만큼 큰 부상이었다.

말 그대로 그는 생사의 경계를 오간 것이다.

만약 그때 초류향의 시의적절한 응급조치가 없었고, 천마신교에서도 최고의 의술을 지닌 선우조덕이 제때 도착하지 않았다면 이렇게 멀쩡하게 일어날 수 없었을 것이다.

'운이 좋았다.'

운휘가 그렇게 생각하고 있을 때 노진녕이 조심스럽게 입을 열었다.

"근데…… 저거…… 아니, 저분은 어째서 여기에 누워 있는 거냐?"

저분?

운휘가 노진녕의 시선을 따라 고개를 돌리자 그곳에는 작은 바구니가 있었다.

그리고 그 바구니 안에 새하얀 토끼 한 마리가 몸을 잔뜩 웅크린 채 새근새근 잠들어 있었다.

그걸 보는 순간 운휘의 어깨가 움찔거렸다.

운휘는 막수의 정체를 알고 있었기 때문이다.

"……너도 알고 있었냐?"

노진녕이 묻자 운휘는 오히려 그를 바라보며 복잡한 시선을 던졌다.

이 둔한 녀석까지 저 토끼가 괴물이라는 사실을 알아 버린 모양이다.

"교주님께서 제압하시긴 했는데…… 보통 괴물이 아니더라구. 네놈도 잡아먹히지 않게 조심해라, 복면."

"교주님이 제압을 하셨다고?"

이건 또 무슨 소리지?

운휘가 묻자 노진녕은 고개를 끄덕이며 말했다.

"교주님께서 제압하신 다음부터 계속 잠만 잔다더니…… 여기서 자고 있었군."

노진녕은 새삼 신기하다는 얼굴로 자고 있는 토끼의 부드러운 볼을 만지작거렸다.

하나 그렇게 만져도 토끼는 깨어날 생각을 하지 않았다.

"자고 있을 때는 제법 귀여운데 말이야……."

노진녕이 그렇게 중얼거릴 때.

팟─팟─!

운휘와 노진녕은 거의 동시에 약속이나 한 듯이 창문 쪽으로 고개를 돌렸다.

조금 멀리 떨어진 곳에서 어마어마한 기운 두 개가 충돌하는 것을 느꼈기 때문이다.

'이건……'

하나의 커다란 기운은 모르겠지만 다른 하나의 기운은 매우 익숙했다.

노진녕과 운휘는 서로 마주 보며 고개를 끄덕였다.

'소교주님이다.'

이건 분명히 소교주님의 기운이었다.

운휘는 몸을 일으켰다.

무슨 일인지는 모르겠지만 소교주님은 지금 싸우고 계신다.

그렇다면 자신이 가야 했다.

노진녕은 비틀거리면서 벽을 짚고 걸어가는 운휘를 물끄러미 보다가 뒷머리를 벅벅 긁었다.

그리고 운휘를 한쪽에서 부축하며 말했다.

"이거 달아 둘 거다. 나중에 꼭 갚아라."

"……."

맨 처음에는 거부의 몸짓을 보였지만 운휘는 결국 노진녕에게 몸을 맡겼다.

소교주님의 안위가 너무도 걱정되었기 때문이다.

그들이 바깥으로 나감과 동시에 막수가 잠시 눈을 가늘게 떴다가 다시 감았다.

*   *   *

초류향은 달려다가다 돌연 제자리에 멈춰 서서 전력을 다해 빈 허공을 후려쳤다.

천하에서 가장 강력한 주먹질.

'패력수라권.'

임제학은 거의 동시에 정면을 향해서 칼을 휘둘렀다.

눈에 보이지 않는 공격을 본능적으로 막은 것이다.

쩌어어엉—!

거대한 얼음이 깨어지는 듯 요란한 소리와 함께 임제학의 칼끝에 뭉쳐 있던 붉은 강기가 크게 흔들렸다.

그 모습을 지켜보던 공손천기가 빙긋 웃었다.

"자세가 좋다."

그래도 역시 힘은 부족했다.

아무래도 몸뚱이가 따라가 주지 못하니까 지금으로서는 지것이 한 번에 뿜어낼 수 있는 힘의 한계일 터.

일격을 날린 뒤 초류향 역시 아쉬운 얼굴을 해 보였다.

'조금 모자란가.'

확실히 꿈속에서 막수와 싸웠을 때랑은 달랐다.

그때는 성인의 몸이었지만 지금은 그때와는 다르지 않은가?

의도했던 대로 힘이 뿜어져 나갔다면 방금 전의 그 한 방으로 승부가 갈렸을 것이다.

'위험했다.'

임제학은 손아귀가 저릿할 정도로 엄청난 힘에 놀란 표정을 지었다.

고작해야 열 살 남짓으로 보이는 꼬마아이의 몸에서 뿜어져 나온 힘이라기엔 믿기지 않을 정도였다.

둘 모두 신중한 얼굴로 서로를 바라보았다.

그러다 먼저 움직인 쪽은 임제학이었다.

시간을 주면 좋지 않다는 사실을 본능적으로 깨달은 것이다.

그의 칼에서 뿜어져 나온 붉은 뇌전 강기가 초류향의 허리를 베어왔다.

쫘자작—!

그것을 바닥에 거의 닿을 듯이 허리를 뒤로 꺾어 피한 초류향은 곧장 튕기듯 몸을 비틀어 일으키며 왼발을 올려 찼다.

완벽한 철판교(鐵版橋, 몸을 수평으로 뉘어 공격을 피하는 수법)의 한 수에 이은 강력한 원앙각이었다.

워낙에 가까운 거리였기에 임제학은 무릎을 들어 그 공격을 막아야만 했다.

쾅—!

단단한 무릎과 초류향의 발끝이 부딪치자 임제학은 순간적으로 휘청거리며 균형을 잃고 뒤로 밀려 나갔다.

'잡았다.'

초류향의 눈에서 맑은 빛이 번뜩였다.

순간적이었지만 상대방이 균형을 잃고 비틀거리는 게 보였던 것이다.

그 찰나의 치명적인 빈틈.

그것을 노리고 앞으로 쏘아져 가는 초류향을 위쪽에서 지켜보던 공손천기가 갑자기 난간을 으스러져라 부여잡으며 얼굴을 찡그렸다.

제자가 너무 서두르고 있었기 때문이다.

조급함은 항상 좋지 않은 결과를 가져올 뿐이다.

과연 지금이 그랬다.

빠르게 다가와 주먹을 내뻗는 초류향을 보던 임제학의 입가에 순간적으로 잔인한 미소가 떠올랐다.

초류향의 얼굴이 하얗게 질렸다.

상대방이 언제 균형을 잃었나 싶을 정도로 유연하게 움직이며 칼을 올려쳤기 때문이다.

그가 올려치는 칼에는 붉은색 강기가 무시무시할 정도로 선명하게 맺혀 있었다.

콰아앙—!

폭음과 함께 뒤로 주르륵 밀려난 초류향은 바닥에 착지한 후 곧장 한 움큼이나 되는 피를 토해냈다.

"우웩!"

바닥에 고이는 피 웅덩이에는 검붉은 핏덩이가 군데군데 섞여 있었다.

"……."

일격을 먹인 임제학은 잠시 복잡한 얼굴로 초류향을 내려다보았다.

'어떻게 된 건가?'

방금 전에는 정말 완벽하게 기회를 잡았었다.

그런데…….

'베지 못했다? 내 칼이?'

이건 정말 이해 못 할 일이었다.

강철도 두부처럼 잘라 버리는 칼이다.

그런데 저런 여리여리한 어린아이의 몸뚱이조차 베지 못하다니?

납득할 수 없는 일이 아닌가?

임제학의 표정이 복잡해질 때.

지켜보던 공손천기만이 얼굴을 찡그리며 고개를 끄덕였다.

'월인도법이군.'

신체를 가장 완벽하게 다루는 월인도법이다.

월인도법은 그 경지가 높아지면 높아질수록 신체를 강철보다 단단하게 강화시킬 수 있었다.

그게 지금 초류향을 살렸다.

'뛰어 내려갈 뻔했다.'

공손천기는 초류향이 위기에 몰리자 순간적으로 자신도 모르게 싸움에 개입할 뻔했다.

초류향의 몸에서 일어나는 변화를 놓치지 않았기에 가까스로 참을 수 있었다.

'하마터면 부끄러운 짓을 할 뻔했군.'

공손천기는 자신도 모르게 뒷머리를 긁적거렸다.

그리고 힐끔 주변을 살펴보고는 피식 웃어 버렸다.

곁에 있던 호법들 모두가 그와 비슷한 얼굴을 한 채 초류향의 싸움을 지켜보고 있었던 것이다.

여차하면 뛰어들 듯한 얼굴들.

'다들 어른은 못 되겠구만.'

그렇게 생각할 때쯤.

탁탁—

초류향은 부러진 오른팔을 왼팔로 끼워 맞추며 얼굴을 찡그렸다.

고통보다는 방금 전 자신의 행동에 마음이 상한 것이다.

'어리석었다.'

내부에서 월인도법의 기운이 용암처럼 들끓고 내력이 미친 것처럼 널뛰기하고 있었다.

외부에서 닥쳐 온 큰 충격에 기운이 제대로 통제가 되지 않는 상태였다.

'너무 서둘렀어.'

임제학이 칼을 뽑는 그 순간에야 자신이 속았다는 것을 알았다.

하지만 어찌할 방법이 없었다.

위기를 직감하는 순간 월인도법의 기운이 맺히며 팔을 단단하게 보호했다.

그럼에도 불구하고 팔이 부러져 나갔다.

임제학은 방금 일격이 막혔다고 생각했지만 사실은 일격을 허용한 것이었다.

월인도법이 없었으면 팔이 잘려 나가고 곧장 몸이 세로로 쪼개졌을 테니까.

그만큼 임제학의 일격은 정확하고 강력했다.

'크게 손해 보았다.'

이제는 이런 요행을 바랄 수가 없었다.

몸을 단단하게 보호해 주던 월인도법의 균형이 이번 공격 한 방에 깨어졌기 때문이다.

그랬기에 억지로 탈골된 뼈를 맞추며 초류향은 필사적으로 생각했다.

'어떻게 해야 하지?'

시간을 끌수록 압도적으로 불리해졌다.

내력은 통제를 벗어났고, 몸 상태도 엉망이다.

게다가 갑자기 무리하게 혹사당한 근육들이 경련을 일으키며 전신이 덜덜 떨려왔다.

'생각하자.'

어떠한 경우에도 헤쳐 나갈 방법은 있었다.

초류향이 그렇게 머릿속에서 해답을 찾기 위해 필사적일 때.

멈추어 있던 임제학이 움직였다.

'내가 모르는 무언가가 있나?'

아무래도 눈앞에 있는 꼬마는 퍽 독특한 무공을 익힌 모양이었다.

그렇게 결론을 내렸다.

하나 그것도 이제 끝이었다.

마무리를 하기 위해 움식이며 임제학은 서서히 기운을 끌어 올렸다.

뚜둑—

최초의 일격을 허용했던 팔꿈치가 불편했지만 이 정도는 괜찮았다.

승부에 영향을 주지 못하는 것이다.

천천히 다가오는 임제학의 모습이 초류향의 망막에 느릿느릿하게 맺혔다.

동시에 머릿속으로 임제학이 취할 수 있는 수십 가지 동작들이 떠올랐다.

그 동작들에 대응할 수 있는 방법을 일일이 따지던 초류향의 몸에서 점점 떨림이 사라졌다.

문득 무엇인가를 본 것 같았기 때문이다.

'설마?'

잠시 머릿속을 헤집으며 방금 전에 떠올린 것을 확인하던 초류향의 눈에서 기광이 번뜩였다.

'찾았다.'

정답이 보인 것이다.

초류향은 지금까지와는 다르게 허리를 꼿꼿하게 세운 채로 임제학의 발끝을 뚫어져라 바라보았다.

그러다 어느 순간 상대방의 호흡을 읽고 있던 초류향이 미끄러지듯 앞으로 쏘아져 갔다.

귀신같은 움직임.

본래 수라환경에 존재하는 여덟 가지 보법들을 공손천기가 귀찮다고 하나로 압축시켜놓은 것.

'수라귀영보.'

빠른 속도로 접근하는 초류향을 보며 임제학이 눈살을 찌푸렸다.

'미쳤군.'

지금 상황에서 저렇게 함부로 움직이는 것은 자살행위다.

실제로도 이 녀석은 죽여 달라고 자신의 칼날에 목을 들이밀고 있지 않은가?

'어린아이라고 칼에 사정을 두어서는 안 된다.'

이놈은 그저 덜 자란 마귀일 뿐.

더 크기 전에 그 싹을 잘라야 했다.

그렇게 마음먹으며 막 초류향을 두 토막 내기 위해 칼을 휘두르려던 임제학은 순간 무엇을 보았는지 깜짝 놀란 얼굴로 갑자기 뒤로 훌쩍 물러섰다.

초류향은 다시 빠른 속도로 그에게 따라붙었다.

임제학은 쫓아오는 초류향을 떨치기 위해 다시 빠르게 뒤로 물러섰다.

파파팟—!

한동안 임제학은 뒷걸음치고 초류향이 따라붙는 진풍경이 연출되었다.

모두가 이 황당한 상황에 의아한 얼굴을 해 보일 때.

공손천기만이 눈을 빛내며 둘의 움직임을 지켜보고 있었다.

'이 녀석…….'

공손천기는 자신의 턱을 쓰다듬으며 묘한 웃음을 입가에 그렸다.

'제법인데?'

제자가 몸 상태도 엉망진창인 주제에 저렇게 쉬지 않고 몸을 움직이는 이유를 알아챘기 때문이다.

'발끝을 노리는 건가?'

칼을 뻗기 위해서는 발이 먼저 움직여야 했다.

무게와 강한 힘을 싣기 위해서다.

그저 팔만으로 휘두르는 칼은 전혀 무섭지 않았다.

위력이 없었으니까.

초류향은 그 기본적인 상식을 지금 역으로 이용하고 있었다.

퍼석—

초류향의 발이 바닥을 한 번 내디딜 때마다 바닥에 깔려 있는 두터운 대리석이 쩍쩍 갈라졌다.

엄청난 내력을 발끝에 집중하고 있는 것이다.

저런 것에 한 번 짓밟히면 발은 형체도 알아볼 수 없을 정도로 짓뭉개질 것이다.

그렇다면 끝장이다.

부딪치기 직전에 그것을 알았기에 임제학은 어쩔 수 없이 뒤로 물러섰다.

괴로웠다.

계속해서 기회를 노리고 있는데 항상 힘이 터지기 직전에 꼬마의 발이 그보다 한 걸음 빨리 움직였다.

쿠웅—

꼬마에게서 어마어마한 압박감이 전해져 왔다.

그것을 느낀 임제학의 얼굴이 서서히 굳어졌다.

이제 참는 것도 한계였다.

스스로가 무기력하게 뒷걸음질 치고 있다는 사실에 화가 치밀었으니까.

갑자기 뒤로 물러서던 임제학이 이를 갈며 앞으로 몸을 숙였다.

동시에 오른발로 바닥을 강하게 디디며 칼을 휘둘러 왔다.

'승부다.'

초류향은 입가에 가느다란 핏줄기를 흘리며 미소 지었다.

드디어 기다리고 있던 공격이 온 것이다.

第三章
수라의 칭호

콰직—!

꼬맹이의 발에 짓밟힌 발뼈가 으스러지면서 예상을 넘어서는 고통이 척추를 타고 뒷골을 강타했다.

머릿속이 새하얗게 변하는 통증.

하지만 도군 임제학은 멈추지 않았다.

뿌드드득—!

팔과 어깨 근육이 크게 부풀어 오르며 대각선으로 짧게 내려 긋는 칼에 어마어마한 힘이 실렸다.

일격에 가루를 내 버릴 생각이었다.

빠직—

빠지지지직—!

엄청난 무게와 힘이 제대로 실린 임제학의 칼.

그것을 초류향은 지금 상태로 절대 받아 낼 수가 없었다.

임제학의 눈동자에 살기가 번들거리고 칼이 제대로 휘둘러졌다.

하나 초류향은 그것을 보면서도 물러서지 않았다.

오히려 속도를 높여서 더더욱 거리를 좁혀 들어 갈 뿐이다.

임제학의 눈동자가 크게 뜨여졌다.

일순간 초류향의 움직임이 지금까지보다 몇 배나 더 빠르게 움직였던 것이다.

임제학은 이를 갈았다.

이 어린 마귀가 지금까지는 고의적으로 속도를 줄이고 이동했던 모양이다.

진짜 속도를 숨기고 있었다니.

'당했다.'

이건 뼈아픈 실책이었다.

순식간에 임제학의 품 안으로 안기듯이 파고든 초류향은 팔을 뻗었다.

그리고 고사리같이 얇고 작은 손으로 임제학의 손목을 붙잡은 초류향은 그것을 힘의 방향과 반대편으로 비틀었다.

뿌드득—!

손목이 꺾이고 곧장 임제학의 입에서 핏물이 터져 나왔다.

동시에 분노에 찬 임제학이 반대쪽 팔꿈치로 초류향의 뒤통수를 노리고 찍어 오자 초류향은 그것마저 잡아서 뒤집어 꺾었다.

우둑—

순식간에 양팔을 기형적으로 꺾어 버린 초류향은 거기서 멈추지 않았다.

'잔인해질 때는 충분히 잔인하게.'

이건 교훈이었다.

몸에 새겼던 필생의 교훈.

상대방을 살려 두겠다는 얄팍한 마음을 먹으면 본인이나 주변 사람이 호되게 당했다.

직접 경험해 보지 않았던가?

적에게 관용을 베풀다가 운휘가 당했다.

그야말로 죽을 뻔한 것이다.

'그런 일은 이제 다시는 없다.'

초류향의 눈동자에 얼음장과 같은 서늘함이 자리 잡았다.

다음에는 절대로 자신에게 덤비지 못할 정도로 상대방을 부숴 놓아야 했다.

완벽하게.

초류향은 입에서 울컥하고 올라오는 핏물을 삼키며 무릎을 이용해서 임제학의 왼쪽 무릎 옆 부분을 강하게 찍었다.

콰지직—!

"크윽!"

나무 부러지는 소리와 함께 임제학의 무릎이 꺾이고 그가 힘없이 옆으로 쓰러졌다.

이 모든 과정들이 그야말로 찰나의 순간에 이루어진 것이다.

털썩—

바닥에 쓰러진 임제학을 바라보며 초류향은 가볍게 몸을 부르르 떨었다.

자신의 두 손과 발로 사람을 이렇게까지 직접 부숴 놓은 것은 이번이 처음이었다.

아찔한 떨림이 온몸을 타고 흘렀다.

이빨이 딱딱거리며 부딪칠 만큼 소름 끼치는 경험.

'나는 해야 할 일을 했을 뿐이다.'

하나 바닥에 쓰러진 채 경련을 일으키는 임제학을 보는 초류향의 눈동자가 급격하게 흔들렸다.

모질게 마음먹고 상대방을 망가뜨렸지만 생각과는 다르게 혼란이 찾아온 것이다.

'왜?'

대체 왜 이렇게 마음이 복잡한지 이해가 되지 않았다.

그런 초류향의 뒤에 공손천기가 나타났다.

공손천기는 공황 상태에 빠져 있는 제자를 힐긋 보고 남들이 흔들리는 초류향을 보지 못하게 그 앞을 가리며 입을 열었다.

"둘 다 치료해 줘."

선우조덕.

그가 그림자처럼 나타나 우선 초류향에게 가까이 다가갔다.

그리고 인형처럼 굳어서 식은땀만 뻘뻘 흘리는 초류향에게 약을 먹였다.

예의 불사호심단이었다.

입 안에서부터 퍼지는 약 효과를 느끼며 초류향이 차츰 내부가 진정되는 것을 느끼고 있을 때.

공손천기가 그런 초류향을 똑바로 바라보며 입을 열었다.

"제자야."

"……."

"제자야, 나를 똑바로 봐라."

흔들리는 초류향의 시선이 공손천기를 향했다.

그런 제자의 눈을 똑바로 직시하며 공손천기가 입을 열었다.

"너는 지금 당연히 해야 할 일을 했다. 적이 너를 죽이려 하는데 가만히 앉아서 죽어 줄 셈이더냐?"

"……."

"너는 지금 너의 힘으로 스스로를 지킨 것이다. 그것은 두려워할 일도 미안해할 일도 아니다. 오히려 자랑스러워해야 할 일이지."

"……."

공손천기는 초류향의 작은 양어깨에 손을 올려놓았다.

그러자 공손천기의 양손에서 따스한 기운이 명주실처럼 뿜어져 나와 초류향의 전신을 부드럽게 어루만져 주었다.

"네가 가진 힘을 두려워하지 마라. 너는 앞으로 네가 가진 그것으로 너의 것을 지키는 것이다. 그러니 피하지도 겁먹지도 말고 지금 이 광경을 똑바로 보아라. 그리고 오늘의 기억을 확실하게 뼈에 새겨야 한

다. 이게 앞으로 네가 살아가야 할 강호의 진짜 모습이니까."

떨림이 천천히 가라앉았다.

하나 아직도 약간은 멍한 시선으로 초류향은 공손천기를 응시했다.

그 시선을 덤덤하게 바라보던 공손천기가 작게 말했다.

"제자야. 인간은 말이다. 누구나가 서로를 짓밟으며 살아간다. 강호가 아니라도 그렇지. 단지 강호는 다른 곳보다 약육강식의 형태가 조금 더 진솔하게 나타나는 세상일 뿐이다."

순수하게 힘을 앞세워서 자신보다 약자를 짓밟고 올라가는 세상.

그곳이 강호다.

"……."

머리로 납득했다 여긴 것이 다시 한 번 새롭게 다가왔다.

그런 초류향을 보던 공손천기가 최대한 부드럽게 입을 열었다.

"지금 네 마음에 생긴 죄책감과 괴로움을 잊지 말아라. 그것이 분명 너를 강하게 만들어 줄 것이다."

잠시 무언가를 생각하던 초류향은 선우조덕이 치료하고 있는 도군 임제학을 바라보며 입을 열었다.

"저는…… 지금 옳은 일을 한 것입니까?"

"쯧, 내가 저번에 너에게 해 준 말을 그새 잊어 먹었느냐?"

"……."

초류향이 고개를 옆으로 갸웃거리자 공손천기가 입을 열었다.

"강한 것은 언제나 옳다. 그 형태가 어떠하든 너는 저 영감보다 강했다. 그러니 너는 옳은 것이다."

강한 것은 옳다.

초류향의 머릿속에 공손천기의 말이 천둥처럼 울려 퍼졌다.

그 말이 마음속에 진하게 새겨지자 혼란스러운 감정이 차츰 정리되었다.

그때.

선우조덕이 일어서며 말했다.

"급한 대로 치료는 했습니다만…… 아무래도 뼈가 어느 정도 맞춰질 때까지는 요양을 해야 할 것 같습니다."

"그래? 그럼 데리고 가서 치료해 줘."

공손천기는 그때까지 버티다 결국 정신을 잃고 쓰러진 임제학을 보며 속으로 고개를 끄덕였다.

사실 저 영감에게 영약을 사다가 먹이고 싶을 만큼 고마웠다.

그동안 제자에게 가장 부족했던 것.

그것을 저 영감이 피부로 깨닫게 해 주었기 때문이다.

'이건 돈으로도 할 수 없는 경험이지.'

확실히 임제학은 강했다.

공손천기가 예상했던 대로 딱딱하게 굳어 있던 초류향을 각성시키기에 '적당한', 하지만 결코 모자라지 않을 만큼 강한 상대였다.

'위험했어.'

임제학이 임기응변으로 속임수까지 사용하면서 적극적으로 초류향을 죽이려 들 것이라고는 생각하지 못했다.

저런 영감쟁이들의 특성상 손에 어느 정도 인정을 두고 할 줄 알았는데…….

어느 순간부터 가지고 있던 모든 것을 탈탈 쏟아부어서 초류향을 죽이려고 달려들기 시작했다.

'무식한 영감탱이.'

공손천기조차 아찔했던 장면이 몇 번 있었다.

몇 번이고 참견하려던 자신을 억제하느라 힘들 지경이었으니까.

최후의 최후까지 참고 기다린 덕분에 제자는 지금 돈으로 환산하기 어려울 정도로 가치 있는 경험을 하게 된 것이다.

'이 정도면 충분히 남는 장사를 했다.'

공손천기가 그렇게 흐릿하게 웃으며 고개를 옆으로 돌리자 저 옆에 멍청한 얼굴로 서 있는 노진녕과 운휘가 보였다.

둘 다 죽을 만큼 심각하게 부상당한 주제에 제 주인이 걱정되어서 여기까지 나온 모양이다.

기특했다.

녀석들을 보자 공손천기는 문득 생각났다는 듯이 주변을 힐긋 돌아보았다.

사천 분타의 대문 바깥.

아주 먼 곳에서 수많은 시선들이 느껴졌다.

정도맹을 비롯해서 천하 사패가 뿌려놓은 첩자들의 시선이었다.

그들이 사천 분타를 오래전부터 지켜보고 있음을 알면서도 공손천기는 굳이 제지하지 않았다.

언젠가 이런 식으로 도움이 될 것임을 알았기 때문이다.

'소문은 달리는 말보다 빠르지.'

곧 천하에 천마신교의 소교주 초류향에 대한 소문이 퍼져 나갈 것이다.

그게 악명이든 혹은 두려움이든 공손천기에게 있어서 나쁠 것은 없었다.

천천히 움직여 자리를 이동한 공손천기는 운휘와 노진녕을 보며 입을 열었다.

"봤느냐?"

"……예."

"어떠하냐?"

"…….."

어떠했느냐고?

방금 전의 저것을 대체 어떻게 표현하라는 말인가?

운휘가 머릿속에 두서없이 떠오르는 생각들을 정리하고 있을 때, 옆에 있던 노진녕이 불쑥 입을 열었다.

"멋졌습니다. 화끈했구요. 헤헤헤."

"그렇지?"

"…….."

운휘도 노진녕의 표현에 동의했다.

그리고 속으로 한 가지 표현을 더 붙였다.

'처절했다.'

마치 살기 위해 몸부림치는 것 같았다.

다른 자들의 눈에는 어떻게 보였는지 모르겠지만 적어도 운휘의 눈에는 그렇게 보였다.

'게다가…….'

분명히 실력은 임제학이 초류향보다도 윗줄이었다.

그것도 확실하게 윗줄.

한데도 초류향은 그것을 뒤집었다.

이건 단순히 말로는 설명되지 않는 대단한 일이다.

"네 주인은 너희들의 생각보다 약하지 않다. 게다가 지금 보았듯이 운도 좋지. 그러니 너희들도 빨리 성장해야 할 거다. 안 그러면 따라잡히니까."

"……!"

흐뭇하게 미소 짓고 있던 운휘와 노진녕의 어깨가 동시에 움찔했다.

방금까지 그저 초류향의 무공에 감탄만 했지만 따라잡힌다는 말을 듣는 순간 본능적으로 긴장한 것이다.

'하나 아직까지는…….'

그랬다.

순수한 무공만으로 보았을 때.

아직까지 초류향은 완성되지 않았다.

엄밀히 따지고 본다면 그랬다.

한데도 노진녕과 운휘는 긴장했다.

초류향의 엄청난 발전 속도를 알고 있는 탓이다.

언제까지고 지금의 초류향만을 떠올리고 있다면 그것은 너무나도 안일한 생각이었다.

'방심할 수 없겠다.'

운휘는 그렇게 생각하며 고개를 끄덕였다.

계속 이 자리에 머물러 있을 수만은 없었다.

더 높은 곳으로 올라가야 하는 것이다.

잘못하다가는 짐 덩이가 될 것이다.

노진녕도 운휘와 비슷한 생각을 한 것인지 조금 전과는 달리 복잡미묘한 얼굴을 하고 있었다.

                    *   *   *

"사부님."

"……."

"사부님. 괜찮으십니까?"

도협 강세빈.

그는 하루 종일 멍한 얼굴을 하고 있는 임제학을 보며 안타까운 얼굴을 해 보였다.

강세빈도 보았다.

그의 하늘 같은 스승님이 소교주라는 꼬마 아이에게 무참하게 무너지던 모습을.

그 비참한 광경이 떠오르자 마음 한구석이 무너져 내리는 것 같았다.

자신 역시 그 되도 않는 멧돼지 같은 녀석에게 패배했지만 이건 그 것과 종류부터가 달랐다.

'상대방은 이제 고작 열두 살 된 꼬마 아이…….'

믿을 수 없는 일이었다.

너무 충격적인 일이 아닌가?

구주십오객의 일인이자, 삼황을 제외하고 그 누구도 함부로 할 수 없다 알려진 사람이 바로 그의 스승님이셨다.

모든 것에 당당하고 거침없었던 스승님.

상대가 제아무리 마교의 소교주라고는 하지만 꼬마 아이 아닌가?

스승님의 고고한 자존심이 열두 살 꼬마 아이에게 패배한 것을 아직까지도 받아들이지 못하고 있었다.

'차라리 그때 정신을 잃으셨으면 좋았을 것을…….'

뼈가 부러지고 뒤틀리면서도 그때의 임제학은 멀쩡한 정신을 가지고 있었다.

그때 육체가 망가진 것보다 자존심이 구겨지고 망가진 것이 지금의 임제학을 힘들게 했다.

"……세빈아."

"예. 사부님."

도협 강세빈은 갑작스럽게 자신을 부르는 힘없는 음성에 퍼뜩 정신을 차리고 시선을 돌렸다.

그러자 흐릿하게 풀려 있는 시선이 그를 바라보고 있었다.

강세빈의 마음 한구석이 찢어질 듯 아파 왔다.

"돌아가자꾸나."

"……조금 더 몸을 회복하셔야…….'"

"더 이상의 굴욕은…… 견딜 수가 없구나."

"……."

강세빈은 입을 다물었다.

그 역시 이곳에 있고 싶지 않았지만 스승님의 몸 상태가 좋지 않으니 어쩔 수 없었던 것이다.

"이만큼 저놈들의 보살핌을 받은 것도 염치없고 창피한 일이다. 그러니…… 돌아가자."

허허로운 웃음.

그 웃음을 바라보던 강세빈은 자신도 모르게 고개를 돌리며 대답했다.

"……예, 알겠습니다. 사부님."

임제학이 곁에 있던 지팡이를 잡고 일어서자 강세빈이 그를 부축했다.

그들은 그렇게 조용하게 사천 분타를 빠져나왔다.

임제학과의 생사비무.

그것이 초류향에게 '수라'라는 별호를 붙여준 첫 번째 사건이었다.

第四章

팽가호의 고민

　팽가호는 아침부터 갑자기 찾아온 손님 때문에 팅팅 부은 얼굴로 접견실로 나갔다.

　그리고 그곳에서 왠지 초조한 얼굴의 남궁옥빈을 만날 수 있었다.

　"여어, 형제님. 오랜만이네."

　팽가호가 부스스한 얼굴로 손을 흔들며 인사하자 남궁옥빈이 자리에서 벌떡 일어나 그의 손목을 확 잡아채더니 어딘가로 끌고 가기 시작했다.

　"얼레? 무슨 일이야? 왜 이렇게 급해?"

　"어? 아, 미안!"

　무언가에 골몰한 채 팽가호를 끌고 가던 남궁옥빈은 자신의 성급한 행동을 깨닫고 무안한 얼굴을 했다. 그는 팽가호의 손목을 놓으며 작게 말했다.

"마음이 너무 급해서 서둘렀다."

"평소에는 안 그러던 우리 형제님이 이러니 기대되긴 하네. 이번에는 뭐가 문젠데 이 바쁘신 형님을 찾아온 거야?"

남궁옥빈은 팽가호의 유들유들한 태도를 살펴보다가 조심스럽게 입을 열었다.

"역시……. 아직 소문 못 들었어?"

"무슨 소문?"

"천마신교의 소교주에 관한 소문."

"아? 그 초마공자라는 놈?"

"그래. 그 녀석, 누군지 알 것 같아?"

"알 리가 있나. 이 형님 요새 무척 바빠. 게다가 그런 거 관심도 없어."

팽가호는 정말 외부의 일에 전혀 관심이 없었다.

지금 당장은 스스로의 무공을 높이기 위해 전력으로 수련에 집중하고 있었기 때문이다.

저번 제1차 정마대전 때 너무도 많은 것을 겪어 버렸다.

너무도 많은 사람들이 죽었고, 그 아비규환의 중심 속에서 살아남으며 무공의 중요성을 새삼 깨달았던 것이다.

스스로를 지킬 힘이 절실히 필요했다.

'후후, 다행히 성과는 있었지.'

벌써부터 일류 고수에서 절정을 바라볼 정도까지 성장했으니까.

원래부터 나이에 맞지 않게 우람하고 탄탄했던 팽가호의 육체는 지금 더욱더 강인하게 다듬어져 있었다.

팽가호는 의자에 편하게 앉으며 앞에 놓인 찻잔에 손을 가져갔다.

자신 못지않게 무공 수련에 열중했던 남궁옥빈이다.

그 역시 느낀 바가 있었으니까.

그런 녀석이 뜬금없이 찾아와서 한다는 소리가 이런 쓸데없는 이야기라니.

솔직히 기운이 빠졌다.

그때 남궁옥빈이 심각한 얼굴로 입을 열었다.

"넌 좀 더 그 녀석에게 관심을 가져야 해, 팽가호."

"왜? 우리랑 비슷한 또래인가 보지?"

비슷한 또래면 그럴 수도 있을 것이다.

다음 세대에 분명 어떻게든 연관이 될 테니까.

초마공자라는 녀석이 천마신교의 주인이 된다면 분명 자신들과 어떤 식으로든 엮일 것이 분명했다.

"그것도 그렇지만……."

어딘가 모호한 얼굴.

무언가를 말할까 말까 망설이던 남궁옥빈이 결국 천천히 입을 열었다.

"혹시 초마공자라는 별호로 불리는 그 녀석, 천마신교의 소교주 이름을 들은 적 없어?"

"이름? 모르겠는데. 관심이 없으니까."

팽가호가 피식 웃으며 어깨를 슬쩍 들어 올리자 남궁옥빈이 그럴 줄 알았다는 얼굴로 고개를 끄덕였다.

"나도 그랬지. 그래서 별로 관심이 없었지만…… 이번에 그 이름을 듣고 이야기가 달라졌다."

"왜? 나도 아는 이름인가?"

남궁옥빈은 고개를 끄덕였다.

그리고 그의 입에서 마침내 그 이름이 흘러나왔다.

"초류향."

"……응? 뭐?"

"초류향이라고 하더군. 천마신교의 소교주의 이름이."

이게 뜬금없이 무슨 소리지?

유기산법무예학당에서 열심히 공부하고 있을 그 녀석 이름을 왜 갑자기?

팽가호가 고개를 갸웃거리자 남궁옥빈이 씁쓸한 얼굴로 고개를 끄덕였다.

"네가 아는 그 초류향이 현재 강호에서 초마공자라 불리는 그 녀석과 동일인물이다."

"……?"

"너와 내가 기련산을 향해 가던 날, 그 녀석도 기련산을 향해 움직였다더군. 조기천 선생님과 함께."

"……너, 이게 지금 무슨 개소리를 하는 거야? 정신 나간 소리도 정도껏 해. 이 형님 화낸다. 네가 말하고 있는 그 녀석은 애초에 무공을 몰라."

"그래. 바로 그래서 더 놀라운 거다."

남궁옥빈은 찻잔을 입가에 가져갔다가 떼며 충격으로 굳어 있는 팽가호에게 작게 중얼거렸다.

"현재 정도맹에서 초류향에 대한 조사를 진행하고 있어. 아마 천하사패 전부가 조사하고 있겠지. 그런데 지금 조사 진행 중인 내용을 살짝 엿들어 보니…… 그 녀석은 무공을 배운 지 불과 반년이 조금 넘은 정도라고 해."

"……."

반년이 조금 넘은 정도?

그런데 천마신교의 후계자가 되었다고?

말이 되는 소리인가, 이게?

"정말 천재라는 말로도 부족할 정도지, 그 녀석."

팽가호는 잠시 멍한 얼굴을 해 보였다. 유기산법무예학당.

줄여서 유기학당이라 부르는 그곳에서 초류향과 함께 공부했던 기억이 머릿속을 스쳤기 때문이다.

'초류향…….'

팽가호는 가만히 그 녀석의 모습을 떠올려 보았다. 늘 서가의 한 귀퉁이에 그림처럼 앉아서 미동도 없이 책만 읽던 초류향이었다.

조용했고, 말수가 적었다.

쓸데없는 말은 하지 않고 중요한 순간에 정말 필요한 이야기만 내뱉는 녀석.

90 수라왕

특히나 혼자 있기를 좋아해서 주변에 사람은 별로 없었지만, 팽가호는 그 녀석이 좋은 녀석이라는 사실을 본능적으로 알았다.

자신이 짓궂게 장난을 치면 귀찮아하면서도 곧잘 받아 주던 그 작은 아이의 모습이 아직도 생생하게 떠올랐다.

그게 불과 반년 전의 일이다.

'그 녀석이 천마신교의 소교주라고?'

정말 황당무계한 소리였다.

아직 잠이 덜 깬 건가 싶어서 볼을 꼬집어 보니 선명한 통증이 느껴졌다. 팽가호는 심각한 얼굴을 해 보였다.

세가에서도, 그 밖의 여러 모임에서도 찾지 못했던 친구를 의외의 장소에서 발견했다고 생각했다.

아무런 이해관계도, 이해득실도 따지지 않는 순수한 친구.

팽가호에게 초류향은 그런 친구였다.

"조만간 정도맹에서 널 찾아올 거야. 세가 내에서 간단하게 조사할 거니까 별다른 심문이나 그런 것은 하지 않겠지만…… 미리 알고 있으면 여러 가지를 대비할 수 있겠지."

"대비……?"

팽가호의 되물음에 남궁옥빈은 잠시 망설였다.

팽가호가 평소에 초류향을 어떻게 생각하는지 알고 있었기에 말을 꺼내기 어려웠던 것이다.

하지만 해야 했다.

그것 때문에 이곳까지 왔으니까.

"제2의 공손천기를 만들 순 없다는 게 어른들의 생각이거든."

"그게 무슨 말이지? 설마 그 녀석을 죽이겠다는 말이냐, 지금?"

"그래. 그게 천하 사패가 내린 결론이야."

팽가호의 얼굴 근육이 경련을 일으켰다.

지금 그 녀석이 천마신교의 소교주라는 말도 납득하기가 힘든데 죽인다는 소리까지 나오니까 절로 화가 치솟은 것이다. 혼란스러움과 분노가 동시에 뿜어져 나오니 팽가호도 당황스러웠다.

"진정해, 팽가호."

콰앙—!

팽가호는 주먹으로 탁자를 후려쳐 박살 내며 이를 갈았다.

"젠장! 내가 지금 진정하게 생겼어?"

남궁옥빈은 안타까운 얼굴을 해 보였다.

"흥분하지 마. 안 그러면 너도 초류향을 죽이는 데에 동참하게 될 테니까."

"뭐?"

벌겋게 달아오른 얼굴의 팽가호를 바라보며 남궁옥빈은 침착하게 입을 열었다.

"정도맹을 포함한 천하 사패는 지금 마음이 조급해. 이번에 한차례 천마신교에 쳐들어갔다가 일방적으로 당했거든. 인질들을 구하기 위해 엄청난 양의 몸값을 지불했고."

"그래서?"

"그들은 궁지에 몰렸어. 이제 수단과 방법을 가릴 때가 아니라는 거야. 아마 이용할 수 있는 건 다 이용하려고 하겠지. 너와 초류향의 관계를 알게 되면 써먹으려고 할 거야, 어떻게든."

"……!"

팽가호의 들끓던 피가 차갑게 식어 갔다.

소름 돋는 일이었다.

남궁옥빈의 말이 맞았기 때문이다.

"네가 생각하기에 정도맹이 너를 이용한다면 초류향은 움직일 것 같아?"

팽가호는 잠시 고민했다. 평소 그 녀석의 행동이나 태도를 떠올려 본 팽가호는 한숨을 내쉬며 말했다.

"잘 모르겠어. 난 그 녀석의 깊은 속을 본 적이 없는 것 같아."

멍한 얼굴로 중얼거리던 팽가호는 이내 얼굴을 찡그렸다.

정말로 초류향이 어떻게 나올지 확신할 수가 없었다.

팽가호가 아는 한 초류향은 생각이 깊고, 행동이 가볍지 않았다.

하지만 한 가지는 확실했다.

녀석은 자신을 깊게 생각하고 있다는 것.

그건 확신할 수 있었다.

'눈을 보면 알 수 있었으니까.'

녀석은 그런 감정적인 일에 약했다. 마음을 주고받는 것을 유달리 어려워했던 초류향이다. 하지만 이런 종류의 사람은 한번 마음을 주면 결코 배신하지 않는다. 그리고 녀석은 자신과 마음을 나눴다.

'녀석은…… 움직일 수도 있다.'

이게 결론이다.

확실하지는 않았지만 움직일 수도 있었다. 가만히 초류향에 대해 떠올리고 있는 팽가호를 보며 남궁옥빈이 말했다.

"잘 모르겠으면 정도맹에서는 충분히 이용할 수 있지. 그들 입장에서는 밑져야 본전이니까."

"……내가 어떻게 해야 한다는 소리지? 어떤 모습으로, 어떤 위치에 있든지 녀석은 내 친구야. 내 일로 인해서 그 아이에게 피해를 주고 싶지 않아."

남궁옥빈은 고개를 끄덕였다.

"너라면 당연히 그럴 거라 생각했기에 내가 여기까지 찾아온 거야."

팽가호는 남궁옥빈의 새하얀 웃음을 보자 자신도 모르게 안도했다.

생각해 보니 이 녀석 역시 좋은 녀석이었던 것이다.

*   *   *

"네가 팽가호냐?"

"예. 어르신."

"과연 소문만큼 기골이 장대하구나. 무공도…… 음? 이거 듣던 것보다 더 좋구나."

"과찬이십니다."

팽가호는 최대한 공손하게 허리를 숙이며 예의를 갖췄다.

상대방의 신분은 정도맹의 대내외 감찰을 담당하는 신분인 집법당

주였다.

그의 이름은 염백호(廉白虎).

현재 흔들리고 있는 정도맹의 중심을 꽉 잡고 있는 핵심인물 중 하나였다.

"팽무천 가주님께 특별히 양해를 구해서 이제부터 너와 단둘이 면담을 진행하려 하는데 괜찮겠느냐?"

"예, 어르신."

염백호는 고개를 끄덕이며 느릿하게 입을 열었다.

"혹시 너는 내가 이곳까지 찾아온 이유를 알고 있느냐?"

"잘 모르겠습니다."

"그러하냐?"

염백호는 그럴 수도 있겠다는 얼굴로 고개를 끄덕였다.

그는 소매에서 누군가의 초상화를 꺼내어 내밀며 말했다.

"초마공자라 불리는 녀석이다. 알아보겠느냐?"

팽가호는 초상화를 유심히 보았다.

그리고 한눈에 알아보았다.

'그 녀석이다.'

역시 남궁옥빈의 말은 사실이었다.

녀석은 정말로 천마신교의 사람이 된 것이다.

마음이 복잡해졌다.

"최근 도군 임제학을 꺾어서 그 몸값이 어마어마하게 오르고 있는 놈이지."

팽가호의 눈가가 살짝 크게 뜨여졌다.

이건 처음 듣는 소식이다.

"그…… 구주십오객의 도군 임제학을 꺾었다는 말입니까? 오제와 비견된다는 그 사람을요?"

"그래. 이런 꼬맹이가 도군을 아주 철저하게 짓밟아 놨지. 다시 재기하기 힘들 정도로."

"……."

"정정당당한 승부였다. 놀랍게도 그 어떤 더러운 수작도 하지 않았더군. 이 부분은 도군 임제학이 직접 증언했으니 믿을 수 있겠지."

팽가호의 얼굴이 복잡미묘해졌다.

그 얼굴을 살펴보던 염백호가 입을 열었다.

"놈을 알겠지?"

"예."

염백호는 턱을 한 번 쓰다듬으며 말했다.

"하긴. 이 꼬마랑 너랑 상당히 친했다더구나. 둘도 없는 친구 사이라던데 사실이냐?"

"예. 적어도 저는 그렇게 생각하고 있습니다."

염백호가 얼굴을 찌푸렸다.

"너만 그렇게 생각한다는 거냐?"

곤란하다는 표정.

확실히 남궁옥빈의 경고대로 자신을 이용해서 무언가를 꾸미려 한 모양이었다.

'여기부터가 중요하지.'

팽가호는 일부러 얼굴을 찡그리며 이야기했다.

"맨 처음에 이 녀석 머리가 워낙 좋아서 친해지려고 노력했습니다. 그런데 비밀이 너무 많은 놈이라서…… 수상하게 생각하고는 있었습니다."

"호오? 그럼 너와 만날 때부터 미심쩍은 구석이 있었다는 말이냐?"

"예. 여러 가지로 이상했습니다."

이제부터 팽가호는 거짓말을 해야 했다.

절대로 들키지 않을 거짓말.

"어디가 이상했는지 말해 줄 수 있겠느냐?"

팽가호로서는 가장 하기 싫은 일.

가장 친한 친구를 비난해야 하는 것이다.

'이렇게 해야만 한다.'

그래야 둘 다 살 수 있다. 남궁옥빈은 그렇게 팽가호를 설득했고, 오랜 고민 끝에 팽가호 역시 동의했다.

팽가호는 유기산법무예학당에서 초류향을 만났을 때부터 지금까지의 일을 대단히 편파적으로 이야기했다. 약간의 각색을 가하긴 했어도 모두 사실에 기반을 둔 이야기였기에 나름대로 초류향에 대해서 차근히 조사해 온 염백호의 얼굴은 심각해졌다.

팽가호의 이야기를 정리해 보면, 기대했던 바와는 다르게 이 녀석과 초류향은 그다지 큰 친분이 없었다는 결론이 나오는 것이다.

"그럼 네 말은 그 요악스러운 놈이…… 너와 만날 때부터 정파를 염

탐하고 있었다는 말이더냐?"

"그런 것 같습니다. 그렇지 않고서야 저와 남궁옥빈, 둘 모두에게 접근하려고 했겠습니까?"

"그 녀석이 남궁옥빈…… 그 아이에게도 접근했다는 거냐?"

이건 새로운 정보다.

염백호의 눈이 반짝이자 팽가호는 고개를 끄덕였다. 어떻게든 남궁옥빈이라는 새로운 인물을 끌어들여야 했다. 그래야 그 한 명에게 집중된 관심을 분산시킬 수 있다.

'이렇게까지 해야 하나.'

팽가호는 속으로 한숨을 내쉬었다. 남궁옥빈이 사전에 와서 이야기해 주지 않았다면 정말 꼼짝없이 이용당할 뻔하지 않았는가.

생각만 해도 아찔했다.

초류향.

그 겉만 센 척하고 속은 여리여리한 녀석에게 짐 덩이가 되는 건 정말 싫었으니까.

'나중에…… 정말 나중에 그 녀석을 만나서 물어봐야겠다.'

지금 팽가호가 정말 후회되는 것은 유기산법무예학당을 떠나기 전날 밤.

초류향을 찾아가지 않은 것이었다. 그때 그 녀석을 찾아가서 기련산에 간다는 이야기를 했다면…… 그랬다면 어떻게 되었을까?

머릿속이 복잡해지는 팽가호였다.

第五章

의외의 방문자

　자고 일어나니 세상이 달라졌다는 말이 있다.

　지금의 초류향이 딱 그러했다.

　한숨 자고 일어났더니 주변에서 그를 바라보는 눈에 존경심이 가득
했고, 모두가 그를 대할 때 극도로 조심스러워했다.

　여태까지 단순히 천마신교의 후계자나 공손천기의 제자라서 대우해
주던 것과는 아예 차원이 달랐다.

　구주십오객의 한 명.

　도군 임제학을 꺾은 건 그만큼 어마어마한 사건이었다.

　천마신교의 모두가 단순히 보호해야 할 대상이 아닌, 한 사람의 무
인으로서 초류향을 바라보게 된 것이다.

＊　　　＊　　　＊

멍한 얼굴로 무언가를 생각하며 창밖을 보고 있던 초류향.

초류향은 평소의 그답지 않게 살짝 풀린 눈을 한 채 조심스럽게 손을 앞으로 뻗었다가 다시 천천히 회수하며 같은 행동을 반복했다.

'이게 아니야.'

머릿속이 혼란스러웠다.

도군 임제학과의 비무에서 초류향이 얻은 것은 정말 엄청났다.

생과 사.

삶과 죽음이 나뉘는 그 찰나의 부딪침.

그 불꽃 같은 타오름을 난생처음 느껴본 것이다.

초류향은 그때 느꼈던 감각을 천천히 소화해 가며 되새김질하고 있었다.

덕분에 머리는 터져 나갈 듯 복잡해졌고, 몸은 괴로워졌지만 이것은 지극히 즐거운 괴로움이었다.

그동안 혼자서 머릿속으로만 무공을 다듬었던 것과는 전혀 다른 세상.

기뻤다.

마치 무공을 처음으로 배운 듯이 새로웠고, 스스로의 성장이 하나하나 뚜렷하게 느껴져 행복했다.

초류향이 그때의 깨달음을 몸에 똑똑히 새기는 작업을 하는 광경을 멀리서 지켜보던 공손천기는 턱을 쓰다듬었다.

본래는 제자에게 볼일이 있어서 온 공손천기였다.

하지만 그는 느긋한 얼굴로 벽에 비스듬히 기대어 피식 웃으며 말했다.

"이렇게 집중하고 있으면 방해할 수가 없잖아?"

공손천기는 가만히 기다리기로 마음먹었다.

본래의 방문 목적은 이미 저 구석으로 미뤄 두었다.

지금은 그저 저 아이가 어떤 방식으로 결과에 도달할지 그 과정이 궁금했기 때문이다.

한데 과정을 지켜보는 데에는 생각보다 많은 시간이 필요했다.

어느새 중천에 떠 있던 해가 지고 하늘에는 달이 떠올랐다.

떠오르는 달을 보면서도 공손천기는 움직이지 않았다.

마치 창밖에 있는 바위라도 된 듯 조용히 미동도 없이 초류향의 변화를 지켜보고 있었던 것이다.

초류향 역시 옆에 누군가가 있다는 사실을 인지하지 못한 채 무아지경으로 빠져들어 갔다.

느릿하게 손을 휘둘렀다가 빨리 뻗었고 그렇게 뻗었던 손을 부드럽게 휘감아 다시 품 안으로 끌어당겼다.

도무지 뜻을 알 수 없는 행동이었지만 공손천기는 저 동작이 무엇을 의미하는지 누구보다도 잘 알았다.

그래서 그는 아예 스스로의 기척을 완벽하게 지웠다.

방해가 되고 싶지 않았던 것이다.

거기에서 그치지 않고 공손천기는 주변에 있는 호위대에게 명령해서 반경 백 장을 완벽하게 통제시켰다.

공손천기의 지시가 있기 전에는 아무도 이곳에 들어오지 못하게 만든 것이다.

'마음껏 뛰어놀아 보거라.'

모든 조치를 취해 놓고 공손천기는 조용히 기다렸다.

*　　*　　*

초류향이 정신을 차린 것은 꼬박 이틀이 지나고 나서였다.

손끝에 걸리는 기묘한 감각을 조용히 곱씹고 있던 초류향은 문득 엄청난 허기를 느끼고 몸을 일으켰다.

무공의 단계가 성장한 감동도 배고픔을 이기지는 못하는 듯했다.

'아쉽다.'

초류향은 더 큰 무언가를 얻을 수 있었는데 그것을 잡지 못함을 아쉬워했다.

그러다 고개를 저었다.

지금 얻은 것만 해도 실로 적지 않은 수확이었던 것이다.

'욕심내지 말자.'

훌훌 털고 뭐라도 챙겨 먹으려고 자리에서 일어섰다가 초류향은 한 차례 고개를 갸웃했다.

'벌써 밤인가?'

초류향은 무려 이틀이 더 지나고 밤이 되었다는 사실을 인지하지 못했다.

그저 주변이 어둑어둑해진 것에 의아한 얼굴을 할 뿐.

천천히 몸을 일으키던 초류향은 좌측 벽에 석상처럼 기대서 있는 그의 스승을 보고 화들짝 놀란 얼굴을 해 보였다.

"배가 고프지?"

"……예."

어떻게 아신 걸까?

공손천기는 묘하게 웃으며 말했다.

"나도 그땐 그랬었지. 밥이나 먹으러 가자. 나도 출출하구나."

초류향은 어째서 스승님이 여기에 있는지 그 이유가 궁금했지만 물어보지 못했다.

이미 모든 것을 다 알고 계시는 듯한 얼굴.

자신이 방금 전 무아지경 상태에서 무엇을 겪었는지 이미 알고 있는 얼굴이지 않은가.

식사를 하러 가는 도중 공손천기는 초류향의 머리에 손을 올리고 머리카락을 헝클며 담담하게 웃었다.

"만물은 일념(一念, 하나의 생각)에서부터 시작됐다는 땡중들의 말이 있다. 들어 보았느냐?"

"예."

"뭔가 있어 보이는 말이었는데 막상 그 뜻을 이해하고 보니 별로 어려운 말은 아니더구나."

"무슨 뜻으로 이해하면 되겠습니까?"

"어렵게 생각하면 많은 해석이 나올 수 있겠지만, 결국은 세상 모든 것은 마음먹기에 따라 다른 것이라는 뜻이 가장 적당하겠구나. 지금의 너에게는 말이다."

"모든 것은 마음먹기에 따라 다르다……."

초류향은 자신도 모르게 주먹을 움켜쥐었다.

무언가 손에 닿을 듯 가까이 다가온 느낌이 들었기 때문이다.

"네가 있는 이곳이 마음먹기에 따라 극락이 될 수도 있고 지옥이 될 수도 있는 것이겠지."

초류향은 고개를 끄덕였다.

그리고 진하게 아쉬운 얼굴을 해 보였다.

아까 놓쳤던 무언가가 지금도 가까이 다가왔다가 멀어졌음을 알았기 때문이다.

그때 공손천기가 피식 웃으며 말했다.

"아까워하지 마라. 녀석은 반드시 다시 찾아온다."

"예."

초류향과 공손천기는 그렇게 웃으며 식사를 하러 갔다.

그런 그들을 멀리서 바라보던 임학겸은 고개를 옆으로 돌리며 작게 말했다.

"교주님께 볼일이 있다고 하지 않았나?"

임학겸의 옆.

그곳에는 복잡한 얼굴의 엄승도가 서 있었다.

"있었지. 그래도 지금은 도저히 말을 걸 수가 없잖아? 저렇게 소교주님과 분위기가 좋으신데 가까이 가서 일 이야기를 꺼낼 수가 있겠어? 나 눈치 없는 놈 되기 싫다."

"그건 그렇군."

"그나저나 궁금한 게 있는데 물어봐도 되냐?"

"물론."

"사천에서 네가 소교주님을 보필했잖아. 네가 보기에 소교주님은 어떤 분인 거 같아?"

임학겸은 엄승도의 질문에 잠시 입을 다물었다.

어떻게 설명해야 할지 감이 오지 않았기 때문이다.

"……어렵군."

결국 잠시 후 임학겸이 곤혹스러운 얼굴로 말하자 엄승도가 고개를 끄덕였다.

"저번에 네가 나한테 그 질문을 했을 때 내가 그런 기분이었다."

"……그랬었나?"

"그래. 아무튼 식사가 끝나면 보고를 드려야겠군."

엄승도는 씁쓸한 얼굴을 해 보였다.

그 얼굴을 보며 임학겸이 물었다.

"급한 볼일인가?"

"뭐 조금은……?"

애매모호한 대답.

엄승도답지 않은 대답에 임학겸은 의아한 얼굴을 했다.

그 표정을 읽은 엄승도가 머리를 긁적이며 말했다.

"사실 흑월회 쪽에서 접촉을 해 왔거든. 직접 이야기를 하고 싶다고 사천 분타로 교주님을 찾아왔지."

"흑월회? 그들이 왜 갑자기?"

"거기까지는 모르겠어. 파악하기 곤란한 녀석이 왔거든."

"누구?"

"냉하영."

마뜩잖은 표정으로 툭 하고 내뱉는 이름에 임학겸은 눈을 동그랗게 떴다.

"흑월회의 마녀가 직접 이곳까지 왔다는 건가?"

"그래. 어제부터 기다리고 있지."

"……대담하군. 이곳으로 직접 찾아오다니……."

"그러니까 말이다. 간이 큰 것도 정도가 있지……."

사실 엄승도는 이번에 사천 분타를 습격했던 천하 사패들 가운데 흑월회가 빠져 있는 것에 강한 의문을 품었다.

그들이 처음부터 소교주님의 정체를 알고 있었을 리가 없었다.

어떻게 그들만 소교주님이 펼쳐 놓았던 그 치명적인 함정에서 빠져나갈 수 있었을까?

그 부분에 대해서 나름대로 뒷조사를 하고 있던 와중이었는데 의외로 그쪽에서 먼저 찾아오는 바람에 지금 여러 가지로 혼란스러운 엄승도였다.

"젠장, 흑월회에는 냉하영이 있기 때문에 정보를 빼 오기도 정말 쉽지가 않아. 골치 아프단 말이야."

그동안 흑월회의 어둠 속에서만 움직이던 냉하영이 전면에 등장한 그 순간부터 자잘한 정보도 쉽사리 외부로 새어 나오지 않았다.

일이 힘들어진 것이다.

잠시 혼자서 궁시렁거리던 엄승도는 불현듯 생각났다는 얼굴로 임학겸을 바라보았다.

"근데 너, 밥은 먹고 일하냐?"

임학겸은 피식 웃으며 소매에서 작은 구슬 같은 것을 꺼냈다.

그것을 바라본 엄승도의 얼굴이 일그러졌다.

"설마 벽곡단으로 매번 끼니를 때우는 거야? 그 맛없는 걸 대체 어떻게 먹고 사는 거야?"

"적응되면 나름대로 먹을 만하다."

"미친놈. 가끔은 밑에 있는 애들한테 일 좀 잠시 맡기고 맛있는 것도 먹고 그래라. 다 먹고살자고 하는 일인데……."

"내가 원해서 하는 일이다. 걱정하지 마라."

"젠장. 너나 나나 정말 사서 고생하는 부류야."

엄승도의 투덜거림을 들으며 임학겸은 빙긋 웃었다.

자신을 걱정해서 하는 말이라는 것을 알고 있었기 때문이다.

*   *   *

공손천기는 식사 후 엄승도의 보고를 받고 접견실로 향했다.

그리고 문을 열고 그 안에 들어가기 전 갑자기 눈을 빛냈다.

110 수라왕

"호오?"

공손천기는 턱을 쓰다듬으며 히죽 웃었다.

그 후에 옆에 은신하고 있는 임학겸을 바라보며 입을 열었다.

"이거 재미있는 녀석이 왔군."

『냉하영 외에 다른 이가 왔습니까?』

"그래, 제법 거물이 하나 따라온 모양이다."

공손천기가 웃으며 문을 열자 그곳에는 적갈색 머리의 앳되어 보이는 여인이 그림처럼 앉아 있었다.

냉하영.

흑월회의 군사다.

"날 찾았다고?"

"예, 교주님. 제 이름은 냉하영입니다."

공손천기는 고개를 끄덕였다.

"그 이름은 많이 들어보았지. 그렇게 똑똑하다고 소문이 자자하더구만."

"과찬이십니다, 교주님."

공손천기는 냉하영을 슬쩍 훑어보며 가만히 웃었다.

그리고 불쑥 물었다.

"할아버지는 잘 계신가?"

냉하영의 어깨가 살짝 움찔했다.

그녀는 알고 있었던 것이다.

공손천기와 냉무기와의 관계를.

세상이 모르는 비밀을.

"……예."

"언제 한번 만나고 싶구만."

"기회가 닿는다면……."

"그런가? 죽기 전에는 볼 수 있으려나."

공손천기는 그렇게 말하며 냉하영의 뒤편을 응시했다.

그리고 그 아무것도 없는 텅 빈 공간을 바라보며 입을 열었다.

"그래도 잘 지내고 있는 것 같아 다행이야. 그는 대단한 후계자를 찾았군."

"……."

냉하영은 공손천기의 시선을 바라보며 고개를 끄덕였다.

역시 제아무리 시엽이 뛰어나다고 하더라도 동년배 사이에서나 그럴 뿐이었다.

천하의 공손천기의 감각까지 속일 수는 없었던 것이다.

그래도 공손천기에게 인정을 받은 것 같아서 냉하영은 자신도 모르게 뿌듯해졌다.

"왕년의 야황을 보는 것 같아서 기분이 좋다. 더 정진하거라."

『…….』

시엽은 그림자 속에서 머리를 숙여 예의를 표했다.

공손천기는 스승인 냉무기도 인정한 상대였기 때문이다.

"그래, 우리 이쁜 흑월회의 군사님께서는 무슨 볼일이 있어서 나를 찾아온 거지?"

냉하영은 공손천기를 바라보았다.

드디어 본론이다.

하루 동안의 기다림이 헛되이 끝나지 않기 위해서는 지금부터가 중요했다.

"교주님께서는 이번 사건 뒤에 황궁이 있음을 알고 계셨습니까?"

직설적인 물음.

냉하영의 질문에 공손천기의 입꼬리가 묘하게 올라갔다.

"황궁이라……."

과연 제법이었다.

이 아이는 이번 제2차 정마대전의 배후를 캐고 다닌 모양이었다.

이 아이가 어디까지 알고 있는 것일까?

그런 그의 생각을 읽었는지 냉하영이 흐릿하게 웃으며 말했다.

"척계광. 제가 아는 것은 그자의 존재까지입니다."

"……많이 조사했구나."

"예. 그들의 손은 본 흑월회에도 깊숙이 관여하고 있더군요. 그것들을 모두 제거하느라 시간이 좀 걸렸습니다."

그 과정에서 흑월회는 추혈군 상동하 장로라는 거목을 도려내야만 했다.

하나 냉하영은 굳이 그런 이야기까지는 하지 않았다.

"그래서 이번에 그들과 연합해서 오지 않았던 것이겠군. 운이 좋았다."

냉하영은 빙긋 웃었다.

"천마신교의 교주님께 예의가 아닐 수 있겠지만 솔직하게 말씀드리자면…… 천마신교보다 황궁이 더 겁나거든요, 저는. 그래서 그들을 등 뒤에 두고 천마신교와 싸우고 싶지 않았어요."

"솔직하군."

"예. 그런 거 좋아하시잖아요, 교주님은."

공손천기는 히죽 웃었다.

이거 제법 당돌한 계집이 아닌가?

자신 앞에서 이렇게 당당하게 말을 할 수 있는 사람이 과연 몇이나 될까?

여기까지 생각하던 공손천기는 문득 약을 올리고 싶어졌다.

"본 교의 후계자를 한번 만나보겠는가? 흑월회의 군사."

냉하영은 눈을 반짝였다.

전혀 기대하지도 않았던 기회였다.

그녀로서는 피할 이유가 없었다.

냉하영이 강하게 고개를 끄덕이자 공손천기는 웃었다.

둘이 만나면 제법 재미있는 그림이 그려질 것 같았기 때문이다.

*   *   *

공손아리는 눈만 드러내 놓은 새하얀 면사를 뒤집어쓰고 거리를 활보하고 있었다.

거리를 둘러보는 그녀의 입가에는 온종일 웃음이 끊이질 않았고, 쉬지 않고 감탄이 터져 나왔다.

"그렇게 좋으세요?"

"응. 너무 신기한 것투성이야. 링링도 그렇지?"

"예."

"역시 강호에 나오길 참 잘한 거 같아."

선우초린은 말없이 웃으며 공손아리의 손을 잡았다.

"신기한 게 많다고 너무 멀리는 가지 마세요. 주변 정리가 되었다고 는 하지만 강호에는 위험한 것들이 아주 많으니까요. 제 곁에서 멀어 지시면 안 돼요."

"응, 알겠어."

선우초린 역시 눈만 내놓은 면사를 뒤집어쓴 채 공손아리의 곁에 딱 붙어서 주변을 둘러보았다.

사실 선우초린에게는 별반 신기할 것도, 놀라울 것도 없는 평범한 시장거리였지만 공손아리에게는 놀라움과 새로움이 연속되는 신세계 인 모양이다.

길거리에서 차력을 보여주며 약을 파는 사람들을 보면서 어린아이 처럼 놀라고, 그들이 파는 만병통치약도 스스럼없이 사 와서 자랑했 다.

"링링! 이것 좀 봐 봐. 이 약을 먹으면 내공이 무려 반 갑자가 생긴 대. 엄청나지 않아? 어떤 병에도 걸리지 않고 피부도 고와진대."

"우와! 정말요?"

선우초린은 공손아리가 사 온 약을 보면서 놀라는 시늉을 해 보였다.

공손아리가 사 온 것은 조악하기 그지없는 가짜 약이었지만 그것으로 공손아리의 기분이 좋다면 선우초린은 거기에서 만족이었다.

"근데 링링, 더 놀라운 게 있어."

"무엇이 더 놀라운데요?"

공손아리가 갑자기 주변의 눈치를 살피며 작게 속삭이자 선우초린 역시 진지한 얼굴로 고개를 숙여서 작게 대답했다.

"놀랍게도…… 이게 고작 은화 한 냥짜리라는 거야! 정말 엄청나지 않아? 본 교의 선우 호법님께서도 겨우겨우 만드시는 걸 강호에서는 이렇게 싼 가격에 쉽게 구할 수 있어!"

"그러네요."

선우초린은 속으로 웃음이 터지려는 것을 참으며 진지하게 고개를 끄덕였다.

그렇게 선우초린이 열렬히 반응해 주자 공손아리는 기쁜 얼굴로 두 손을 번쩍 들어 올리며 만세를 한 후 입을 열었다.

"강호는 정말 굉장해!"

"예. 굉장하죠."

"헤헤헤, 그럼 우리 이거 몇 개만 더 사갈까? 호법 할아버지들 드리게."

"그럴까요?"

"그러자."

해맑게 웃으며 손에 쥔 환약 개수를 세어 가는 공손아리.

이런 공손아리를 어떻게 사랑하지 않을 수가 있을까?

선우초린이 그렇게 생각하며 공손아리를 불쑥 껴안았다.

"으응? 링링, 왜 그래?"

"……잠깐만 이렇게 안고 있을게요, 소군주님."

공손아리는 선우초린이 왜 이러는지 몰랐기에 잠시 불편하게 안겨 있다가 곧 소매에 환약을 챙겨 넣고 두 손으로 선우초린의 등을 토닥거렸다.

따스한 체온과 함께 좋은 향기가 둘 사이에 맴돌았다.

선우초린은 잠시 동안 그렇게 공손아리를 안고 있다가 가만히 놓아주며 빙그레 웃었다.

"이제 춥지 않죠?"

"으응? 응? 정말이네?"

공손아리는 고개를 끄덕이며 해맑게 웃었다.

그러곤 다시 나비처럼 나풀나풀 뛰어다니며 주변을 둘러보기에 여념이 없었다.

차력사들에게서 약을 산 둘은 시장 거리를 다시 한 번 둘러본 후 사천 지역 근방의 명소들을 하나하나 살펴보았다.

그렇게 얼마의 시간이 지났을까?

"이제 그만 돌아가요, 소군주님."

날이 어둑어둑해지자 선우초린이 입을 열었다.

너무 멀리 나가는 것은 좋지 않았다.

사천 분타 근방이라면 그래도 천마신교의 영역이니 함부로 설칠 녀석들이 없었지만, 그 범위를 벗어나면 어떨지 확신할 수 없었다.

가끔 겁대가리를 상실한 녀석들이 나타나곤 했으니까.

"내일도 나와도 돼?"

"물론이죠. 당분간 저 한가하거든요."

선우초린은 사천 지역에 나와서 맡았던 일을 완벽하게 수행했다.

그래서 특별 휴가를 받은 것이다.

물론 선우초린에게는 이 특별 휴가가 여러 가지로 찝찝했다.

초류향을 암살하려 했던 자객이 뜻밖에도 그녀가 관리하는 이화궁에 섞여 있었는데, 그 문제가 의외로 조용하게 묻혔던 것이다.

상부에서 대체 무슨 짓을 어떻게 한 것인지 모르겠지만 아무런 문책도 내려오지 않았다.

그 부분에 대해서 고민하고 있을 때.

문득 앞서 가던 공손아리가 제자리에서 움직이지 않고 무언가를 바라보고 있는 게 눈에 들어왔다.

선우초린은 조용히 그 옆으로 다가가 그녀의 시선을 따라가 보았다.

낮은 담벼락 너머에 있는 정자.

그곳에 누군가가 있었다.

그리고 그를 보며 선우초린은 고개를 끄덕였다.

"이양인(異樣人, 당시에 외국인을 부르는 말)이군요. 이 지역에서는 보기 힘들 텐데……."

당시에는 해금정책(海禁政策, 나라가 바다를 통한 교역 및 무역에 대한 엄중한 제한을 걸어놓은 정책)이 상당히 심했기 때문에 외국인들을 보기가 대단히 어려웠다.

그나마도 숨어 지내기 바쁜 게 보통인데 이렇게 사천 성도에 버젓이 외국인이 있다니?

이것은 선우초린으로서도 상당히 의아한 일이었다.

"……저 사람 나랑 같아."

공손아리는 면사로 감춰놓은 자신의 금발 머리카락과 정자에 앉아서 책을 읽고 있는 외국인의 머리카락을 차례로 가리키며 중얼거렸다.

그 모습에 선우초린은 공손아리의 얼굴을 똑바로 바라보았다.

복잡한 표정.

어딘가 미묘한 표정을 짓고 있는 공손아리를 보던 선우초린이 고개를 저었다.

"달라요."

"어째서?"

'저렇게나 똑같은데?' 라는 뒷말은 굳이 내뱉지 않았다.

금발머리와 푸른 눈동자.

공손아리 입장에서는 처음으로 자신 외의 색목인을 본 것이다.

말로는 들었지만 정말로 자신과 비슷한 용모를 지닌 사람을 보게 될 줄이야.

"소군주님은 특별해요. 교주님의 피를 이으셨잖아요?"

"그건……."

그렇긴 했다.

그녀는 순수한 외국인이 아니라 혼혈인 것이다.

공손아리는 그 사실을 떠올리고 입을 다문 채 우물쭈물거렸다.

어찌 되었든 외형적으로 그녀는 동양인보다 색목인에 더 가까웠다.

그래서 갑작스럽게 눈앞에 등장한 색목인에게서 고개를 돌릴 수 없었다.

먼 바다 건너.

색목인들의 나라에 대한 강한 호기심이 있었던 것이다.

그때 정자에 앉아서 무언가를 읽고 있던 색목인이 고개를 돌렸다.

중후한 얼굴에 곱게 기른 수염.

금발이긴 하지만 약간은 희끗희끗한 머리카락.

그는 나이가 조금 많아 보이는 색목인이었다.

색목인이면서도 단정하게 차려입은 중국 전통 의상이 눈에 띄었고, 거기에 외눈 안경까지 더해지자 더욱 강한 인상을 남겼다.

"나에게 볼일이 있으시오?"

외국인의 입에서 흘러나오는 꽤나 유창한 한어.

공손아리와 선우초린은 동시에 화들짝 놀랐다.

"저, 저 사람 우리말을 할 줄 아나 봐."

공손아리가 더듬거리며 말하자 선우초린 역시 깜짝 놀랐다.

그녀가 알기로도 대부분의 색목인들은 그 나라만이 가지고 있는 특이한 언어를 사용했기 때문이다.

그녀들의 반응이 재미있었는지 외국인이 자리에서 일어나서 천천히 담벼락 쪽으로 다가왔다.

그리고 말했다.

"그대들은 내가 무섭지 않으시오?"

"……!"

선우초린과 공손아리의 신형이 동시에 굳어졌다.

특히 공손아리의 눈동자는 숨길 수 없을 만큼 크게 흔들렸다.

당혹스러워하는 그녀들을 본 색목인이 인자하게 웃으며 말했다.

"이곳에 와서 나를 겁내지 않는 사람은 처음 보는구려. 시간이 된다면 들어와서 차나 한잔 하시겠소?"

"그, 그래도 되나요?"

공손아리가 당장이라도 담을 넘을 기세를 보이자 옆에 있던 선우초린이 그 앞을 막으며 고개를 저었다.

"시간이 너무 늦었습니다."

"아……!"

그러고 보니 날이 어두워지고 있었다.

공손아리는 아쉬운 얼굴로 색목인을 바라보았다.

그 눈동자에 색목인은 빙긋 웃으며 말했다.

"시간 날 때 놀러 오시오. 나는 별다른 일이 없으면 항상 이곳에 있으니."

"정말요?"

"허허, 물론이오. 나도 말동무가 생기는 것이 좋으니 가끔 와서 차라도 한잔 하고 가시오."

"알겠습니다. 내일 꼭 다시 올게요."

"그러시구려."

색목인이 흔쾌히 승낙하자 선우초린은 얼굴을 찌푸렸다.

이런 정체를 모르는 자와 어울리는 것은 그다지 좋지 않은 일이었기 때문이다.

'뒤를 캐 봐야겠군.'

선우초린은 일단은 곱게 물러갔다.

성질 같아서는 몰래 찾아와서 처리하고 싶었지만…… 주변을 힐끗 돌아보며 선우초린은 그런 마음을 겨우 억눌렀다.

아직 이 근방은 정도맹의 영역인 것이다.

'뭐, 그것도 조만간 아니게 되긴 하겠지만…….'

마지못해 발길을 돌리는 공손아리와 함께 천마신교 사천 분타로 복귀하며 선우초린은 전음으로 근방에 은신한 채 몸을 숨기고 있던 수하들에게 명령을 내렸다.

저 수상한 색목인 노인에 대한 정보를 캐려 한 것이다.

*　　　*　　　*

선우초린과 공손아리가 색목인을 만나고 있을 무렵.

초류향은 스승님의 부름에 이끌려 접견실로 들어섰다.

그리고 그곳에서 전혀 예상하지도 못했던 사람을 만나게 되었다.

'냉하영……?'

흑월회의 사람이 어째서 이곳에 있는 것일까?

초류향이 잠시 우두커니 서 있자 공손천기가 입을 열었다.

"그러고 보니 둘은 만난 적이 있었지?"

"……예."

"그럼 따로 소개할 필요는 없겠구만. 일단 앉거라."

초류향은 재빨리 정신을 수습하며 공손천기의 옆에 앉았다.

냉하영과는 마주 보는 자리였다.

'의외로군.'

공손천기는 제자의 얼굴을 살펴보며 히죽 웃었다.

제자는 본능적으로 냉하영을 경계하고 있었다.

확실히 냉하영은 경계할 만한 대상이긴 했다.

그녀는 아름다우면서도 지나치게 똑똑했으니까.

강호에서 가장 조심해야 할 요소들은 모두 갖추고 있었던 것이다.

공손천기 본인이야 그다지 상관이 없겠지만 초류향은 앞으로 한 세대를 그녀와 함께해야 했다.

그러니 쓸데없이 휘둘려서는 곤란하다.

'그럼 어디 얼마나 대단한지 볼까?'

냉하영이 똑똑하다는 사실은 이미 귀가 따갑게 듣고 있었다.

하나 이쪽 역시 만만찮았다.

초류향 역시 공손천기가 인정한 괴물이었다.

'어느 쪽이 진짜일까?'

많은 사람들을 이끄는 최고의 자리에 있으려면 이렇게 정치적인 자리에서도 그 수완을 발휘해야 했다.

당황해서도 안 되고, 상대에게 끌려가서도 안 된다.

'너는 이 꼬마 마녀를 어떻게 상대할 작정이냐, 제자야…….'

공손천기가 초류향이 곤란해하는 모습을 생각하며 혼자서 흐뭇해하고 있을 때.

먼저 침묵을 깬 것은 냉하영이었다.

"반가워. 오랜만이네?"

"그렇군."

"키가…… 좀 큰 건가?"

초류향은 고개를 끄덕였다.

최근에 키가 부쩍 자라고 있었다.

무공을 익히고, 신체를 극단적으로 활용하다 보니 성장이 빠른 것 같았다.

"반년 만인가? 그때는 네가 설마 소교주가 될 거라고는 생각하지도 못했어. 당시에 무언가 무례하게 대했다면 사과할게. 이해해 주라."

초류향은 피식 웃었다.

"사과할 마음도 없으면서 허튼 시늉하지 마. 너답지 않아. 그리고 낯간지럽다."

"응? 왜? 어디가?"

"애초에 무례를 사과할 생각이었다면 처음부터 이런 자리에서 나에게 반말은 하지 못했겠지. 가볍게 떠보려고 하지 마. 시험당하는 기분이라 불쾌하니까."

초류향의 냉정한 말에 냉하영의 입가에 웃음기가 맺혔다.

역시 그때에도 그랬지만 이 꼬마는 만만하지가 않았다.

쉽게 어떻게 다룰 수 있는 상대가 아닌 것이다.

하지만 그래서 재미있었다.

또래에 이런 아이가 있다는 사실 자체가 그녀에게 있어서 하나의 큰 즐거움이었다.

"그걸 알면서도 나에게 반말한 건 그냥 서로 편하게 이야기하자는 뜻이겠지요, 소교주님?"

초류향은 안경을 매만지며 고개를 끄덕였다.

"나쁘지 않겠지."

냉하영은 초류향의 허락이 떨어지자 대뜸 웃으며 이야기했다.

"좋아. 그럼 나도 말을 꺼내기 편해지지. 그럼 다시 한 번 인사할게. 만나서 반가워, 초류향. 여러 가지 의미로 너를 다시 한 번 보고 싶었어."

"나를?"

"그래. 이유는 대충 알잖아?"

초류향은 잠시 이유를 생각해 보다가 씁쓸하게 웃었다.

생각해 보니 너무도 뻔한 이유였던 것이다.

새롭게 소교주의 자리에 올라선 초류향은 너무도 많은 부분이 가려져 있었다.

그 비밀의 단면을 엿보고 싶은 것일 터.

그때 냉하영이 옆에서 히죽거리며 웃고 있는 공손천기를 보며 입을 열었다.

"죄송하지만 단둘이 이야기해도 될까요?"

"으응? 헉! 설마 나보고 지금 여기서 나가 달라는 거냐?"

공손천기가 크게 상처받은 얼굴을 해 보일 때.

냉하영이 고개를 저었다.

"아니요. 그냥 개인적인 이야기를 할 거라서…… 교주님이 약간 소외되실지도 몰라요."

"아아, 괜찮다. 어차피 난 대화에 낄 생각이 없었으니까."

냉하영이 희미하게 웃었다.

"역시. 그러신 거 같았어요. 확답을 해 주셔서 고맙습니다."

공손천기는 냉하영의 말을 들으며 헤벌쭉 웃었다.

이 영특한 아이가 과연 사적으로 할 이야기라는 게 무엇일지 궁금했던 것이다.

그리고 그것은 초류향도 마찬가지였다.

그동안 냉하영은 초류향에 대해 조사하면서 한 가지가 의문이었다.

다른 것들은 어떻게든 이해할 수 있었지만 아무래도 마음에 걸리는 한 가지.

"너에 대해서 조사를 좀 했어. 그러다 보니 궁금한 게 생겼지."

초류향은 잠자코 이어질 말을 기다렸다.

이렇게 똑똑한 여자가 풀지 못하는 궁금증이 있었던가?

호기심이 생겼다.

"너 정말 무공을 익힌 지 반년밖에 되지 않은 거야?"

진지한 표정.

그런 냉하영을 바라보며 초류향은 고개를 갸웃거렸다.

"묻고 싶은 건 고작 그게 다인가?"

"……고작?"

냉하영은 황당한 얼굴을 해 보였다.

이게 어떻게 고작인가?

자신이 모든 정보력을 동원해 알아낸 정보에 의하면, 초류향이 정말 제대로 무공을 배우기 시작한 것은 반년 전부터였다.

그런데 벌써 천하에서 가장 강한 열다섯 명 중 하나를 꺾은 것이다.

"하나 더 있지만…… 일단은 이게 제일 중요해."

그랬다.

이건 정말 냉하영에게 있어서 중요한 문제였다.

자신이 가진 모든 정보력을 총동원해서 알아낸 끝에 너무도 황당한 결과에 도달했기 때문이다.

무공을 익힌 지 겨우 반년.

이 무슨 말도 안 되는 소리인가?

"네가 조사한 게 맞아. 난 무공을 배운 지 일 년이 되지 않았지. 그런데 그게 그렇게 중요한 건가?"

"……."

강호에서는 지금 초류향의 정체를 알아내기 위해 혈안이 되어 있었다.

새롭게 등장한 고수.

그것도 나이에 비해 말도 안 될 정도로 강한 고수가 아닌가?

다들 이 비정상적인 강함에 의문을 가졌고, 나름대로 초류향에 대해 조사를 해 보았다.

그리고 도달한 황당무계한 결과.

'무공을 익힌 지 고작 반년이라⋯⋯.'

그런데 본인이 순순히 그것을 인정하고 나니 이걸 믿어야 할지 말아야 할지 순간 고민이 되었다.

그러다 결국 냉하영은 믿기로 했다.

그녀는 피식 웃으며 말했다.

"좋아, 제법 재미있네."

대다수가 착각하는 것이 있었다.

강호에서는 단순히 무공만 강해서는 살아남을 수 없었다.

머리도 필요했다.

냉하영은 초류향이 무공에 대한 재능이 있다는 것을 인정했다.

아니, 인정할 수밖에 없었다.

"좋아, 그럼 두 번째 질문으로 넘어가 볼게."

"아니, 이번에는 내가 질문할 차례야."

초류향의 말에 냉하영은 고개를 끄덕였다.

가는 것이 있으면 오는 것이 있다.

당연한 일이다.

세상에 공짜는 없으니까.

초류향이 자신의 질문에 최대한 성실하게 대답해 주었으니 이쪽 역시 그렇게 해야 할 의무가 있다.

"좋아, 질문해."

어떤 것을 물어볼까?

내심 기대가 되었다.

그때 초류향이 안경을 만지다가 입을 열었다.

"네가 이곳까지 찾아온 진짜 목적이 뭐지?"

냉하영은 어깨를 움찔 떨었다.

무엇을 짐작하고 있기에 이런 질문을 한 것일까?

그녀가 잠시 침묵을 지키고 있자 초류향이 입을 열었다.

"지금 네가 찾아온 시점이 조금 묘하지. 그래서 확실히 알아 둘 필요가 있다."

"무엇을…… 확실히 알아 둘 생각이지?"

초류향은 냉하영을 똑바로 바라보았다.

그 냉철한 시선을 냉하영은 피하지 않았다.

그러다 냉하영은 직감했다.

어쩌면 평생 동안 자신이 가장 경계해야 할 대상은 다른 누구도 아닌 눈앞에 있는 바로 이 아이가 될 것 같다는 강한 예감.

"적과 아군을 확실하게 해 둬야 할 필요가 있는 시점이지."

"……."

"흑월회는 우리의 적이 될 생각인가?"

냉하영은 자신도 모르게 입꼬리를 말아 올렸다.

즐거웠다.

정말 진심으로 즐거워졌다.

이 아이는 대체 어디까지 짐작하고 있었던 것일까?

자신이 굳이 입을 열어 설명하지 않아도 이렇게 속내를 잘 짐작하는 사람은 정말 처음이었다.

"너도 이미 짐작하고 있겠지만 나는 이곳에 천마신교와 동맹을 맺기 위해 왔어."

초류향은 고개를 끄덕였다.

예상했던 일이었다.

그녀가 이곳에 있는 것 자체가 대단히 의아한 일이었으니까.

그녀의 입장에서는 천마신교를 찾아오는 것 자체가 목숨을 건 위험한 도박이나 마찬가지였다.

그리고 위험한 도박에는 항상 막대한 보상이 따르는 법.

그 보상이 무엇일까?

"조건이 뭐지?"

"모두 두 가지야."

냉하영은 소매에서 두 가지 문서를 꺼내 들었다.

미리 준비해 온 것이다.

앞의 한 장을 읽은 초류향은 고개를 끄덕였다.

둘이 힘을 합쳐서 천하 사패를 견제하자는 내용이었기 때문이다.

여기에서 천마신교에게 요구하는 점은 둘의 동맹을 외부에 알리지 않는다는 것.

일종의 비밀 동맹인 셈이다.

이것은 초류향으로서도 제법 납득이 되었다.

서로 얻는 것이 있었으니까.

천마신교는 상대해야 할 적이 줄어들어서 좋고, 흑월회는 강대한 동맹이 생김과 동시에 모든 적이 없어지는 것이다.

아직까지도 천하 사패는 흑월회를 같은 편이라고 생각하고 있으니, 천마신교가 비밀만 지켜준다면 그 어떤 곳도 흑월회와 적이 되지 않았다.

'과연 똑똑하군.'

흑월회의 입장에서는 단순히 동맹을 맺는 것만으로도 막대한 이득을 취할 수 있는 것이다.

두 번째 문서를 읽어 가던 초류향은 피식 웃었다.

"이건 무리한 조건이군. 우리가 그쪽의 사천 지역 사업 확장을 도와줄 이유가 없다."

"어째서?"

"흑월회의 도움이 없어도 사천 지역은 본교가 장악할 수 있어. 실제로 거의 끝났지. 정도맹은 이미 힘을 잃었으니까."

냉하영은 얼굴을 찡그렸다.

"설마 천하 사패만 있다고 생각하는 거야, 지금? 황궁은 어떻게 막을 생각이지? 천마신교는 황궁을 막을 수 없어. 그렇게 되면 군(軍)이 본격적으로 움직일 테니까."

황실에서는 마교의 성장을 달가워하지 않았다.

만약 그들이 외부로 그 세력을 크게 확장한다면 정말로 군대가 움직일 수도 있는 것이다.

군대가 움직이면 제아무리 천마신교라 하더라도 풀뿌리조차 남기지 못했다.

"황궁은 움직이지 않아."

"······!"

냉하영의 눈에 의혹이 떠올랐다.

황궁이 움직이지 않는다니?

그걸 어떻게 확신한다는 말인가?

혼란스러워하던 냉하영이 주저하면서 입을 열었다.

"이건 본래 말하지 않으려 했지만······ 할아버지에게 얼마 전에 척계광이 다녀갔어."

"냉무기, 그 친구에게 척계광이 찾아갔다는 말이냐?"

"예, 교주님."

갑작스럽게 불쑥 끼어든 공손천기를 보며 냉하영이 고개를 끄덕였다.

잠시 무언가를 생각하던 공손천기는 피식 웃으며 입을 열었다.

"그놈은 헛걸음을 했겠군."

"네. 할아버지는 그의 제의를 거절하셨지요."

"현명한 판단이었다."

무슨 제의를 한 것인지는 안 봐도 뻔했다.

초류향 역시 그 제의 내용을 짐작한 것인지 고개를 끄덕이며 말했다.

"설령 제의를 수락했어도 마찬가지다."

"……그들이 움직이지 않으리라는 확실한 근거가 있는 거야?"

초류향은 빙긋 웃었다.

냉하영은 지금 큰 착각을 하고 있었다.

지금 황실을 움직이는 사람이 척계광이라고 생각하고 그에 관해서만 조사를 진행하고 있었지만 실제로는 아니었다.

그 바로 아래에 있는 주호유.

그가 실질적으로 모든 일을 처리하는 사람이기 때문이다.

만약 황실을 견제하고자 했다면 주호유를 먼저 경계해야 했다.

그의 움직임을 미리 파악하고 그의 생각을 읽어야만 하는 것이다.

하나 주호유의 존재는 지금 완벽하게 숨겨져 있었다.

대장군 척계광이 본인의 존재를 사방에 드러내고 다니는 이유도 주호유의 존재를 자신의 그림자 속에 안전하게 숨기기 위함일 터.

"이유는 말해 줄 수 없어. 현재 너는 그 정보를 대신할 만한 가치 있는 것을 가지고 있지 않으니까."

냉하영은 입술을 깨물었다.

황실이 움직이지 않을 확실한 근거.

'그게 과연 뭐지?'

만약 정말 그런 고급 정보가 존재한다면, 초류향의 말대로 그것과 교환할 만한 무언가를 냉하영은 가지고 있지 않았던 것이다.

힐긋 공손천기의 표정을 살펴보던 냉하영은 자신도 모르게 입맛을 다셨다.

그냥 단순한 짐작이지만 공손천기도 초류향이 가지고 있는 정보를 모르는 모양이었다.

'그럴 리가 없지.'

초류향이 아는 것을 공손천기가 모를 리가 없었다.

냉하영은 고개를 절레절레 저으며 입을 열었다.

"……좋아, 그럼 아쉽지만 두 번째 제의는 포기할게."

"잘 생각했다."

초류향은 빙긋 웃으며 한 장의 문서를 돌려주었다.

그리고 남은 한 장은 공손천기에게 내밀었다.

공손천기 역시 그 문서를 검토해 본 후 희미하게 웃었다.

"이건 확실히 쓸 만한 제의로구나. 받아들이겠다."

공손천기는 제자의 안목이 쓸 만하다는 것이 기뻤고, 저 똑똑한 냉하영을 꼼짝도 못 하게 만든 것이 즐거웠다.

그리고 궁금했다.

정말로 황실의 움직임을 막을 방도가 제자에게 있는 것일까?

일단은 잠자코 문서에 교주의 직인(職印, 일종의 도장)을 찍고 냉하영에게 넘겨주었다.

냉하영 역시 한 장의 문서를 공손천기에게 건넨 다음 초류향을 바라보며 입을 열었다.

"노파심에 묻는 거지만 진짜 확실한 거지?"

"물론. 이것을 거짓으로 말할 이유가 없지."

"……그건 그래."

냉하영은 그녀답지 않게 약간 떨떠름한 얼굴을 해 보였다.

의외로 상대방이 가진 패가 자신보다 많았던 것이다.

마음에 들지 않았지만 이번 거래는 이 정도로 만족해야 할 듯싶었다.

막 자리에서 일어서려는데 초류향이 그녀의 뒤쪽을 응시하며 말했다.

"그런데 저 사람은 누구지?"

"……!"

냉하영의 동공이 순간 크게 확장됐다.

그리고 무의식적으로 공손천기를 바라보았다.

공손천기 역시 냉하영을 바라보며 강력하게 부인했다.

"내가 말해 준 거 아니다. 오해하지 마."

"……."

그럼 대체 어떻게?

공손천기가 가르쳐 준 것이 아니라면 어떻게 시엽의 존재를 눈치챈 것일까?

시엽 역시 초류향을 바라보며 의혹에 찬 표정을 지었다.

'분명 나는 영역 바깥에 서 있다.'

저 아이의 영역.

그 바깥에 서 있었기에 절대로 자신의 존재를 눈치챌 리가 없었다.

그런데 어떻게 본 것일까?

초류향의 시선은 정확하게 그를 향하고 있었던 것이다

만약 초류향이 모르는 상황에서 공손천기가 말해 주었다면 저렇게

자신을 똑바로 바라볼 수 없었을 터.

시엽은 이해할 수 없다는 얼굴을 하며 스스로의 기둔술을 한번 점검해 보았다.

분명 적혈명조차도 자신의 존재를 정확하게 인지하지 못했었다.

시엽의 얼굴이 시간이 지날수록 혼란스러워질 때 초류향은 시엽을 똑바로 바라보며 고개를 끄덕였다.

'강하다.'

시엽의 몸에서 은은하게 풍겨 나오는 투기는 도군 못지않았다.

아니, 저 정도라면 도군보다 더하면 더했지 결코 아래는 아니었다.

"내 안전을 책임져 주시는 분이셔."

"그래?"

그렇다면 호위 무사라는 소리인가?

하지만 단순히 호위 무사치고는 지나칠 정도로 강했다.

'결코 호위 무사로 남아 있을 사람이 아니다.'

초류향의 정관법으로 본 시엽의 수치는 무려 팔십일.

운휘보다도 윗줄이었던 것이다.

"난 가 볼게. 소기의 목적은 달성했으니까."

초류향은 고개를 끄덕였다.

그때에는 이미 초류향의 시선은 냉하영이 아니라 그 뒤에 있는 시엽에게 고정되어 있었다.

'저자와 싸워 보고 싶다.'

얼마 전 도군과의 싸움에서 얻은 것을 시험해 보고 싶었다.

그때 얻은 깨달음이 얼마나 되는지 알고 싶었던 것이다.

여태까지처럼 단순히 머리로 깨닫는 것이 아닌, 몸으로 그것을 확인하고 싶었다.

'부숴 버리고 싶다.'

순간 파괴적인 열망이 몸 안에서 강하게 꿈틀거렸다.

그리고 초류향은 그 사실에 깜짝 놀랐다.

너무도 선명한 투쟁심이었다.

어느새 초류향은 자신도 모르는 사이 한 사람의 무림인이 되어 있던 것이다.

그리고 그런 변화를 보며 공손천기는 흐릿하게 웃었다.

긍정적인 변화라는 생각에서였다.

'아직은 더욱더 성장해야겠지.'

한창 힘에 자신감이 붙을 때였다.

여기서 그것을 잘 다스릴 줄 알아야 정말로 높은 경지에 올라갈 수 있었다.

외부의 자극은 받지만 결코 그것에 휘둘리지 않을 절제심이 필요했다.

공손천기는 멀어지는 시엽을 아쉬운 눈으로 멍하니 바라보는 초류향에게 다가가 그의 어깨를 톡톡 두드리며 말했다.

"언젠가 붙어 볼 기회가 생길 거다. 너무 조급해하지 말아라."

초류향은 고개를 끄덕였다.

지금은 흑월회와 손을 잡았지만 영원한 친구는 없었다.

언젠가 분명 손을 섞을 기회가 생길 터.

'기대된다.'

초류향은 아직도 흥분으로 부르르 떨리고 있는 두 손을 꽉 움켜쥐며 마른침을 삼켰다.

第六章
조금 특별한 만남

　"리 선생님. 오늘따라 기분이 무척 좋아 보이십니다."

　"그렇습니까?"

　"예. 요 몇 년 사이에 리 선생께서 그리 기분이 좋아 보이는 건 예전에 제가 어렵게 구해 드렸던 고문서를 겨우 해독했을 때 외에는 본 적이 없습니다."

　색목인 노인.

　그는 자신에게 말을 거는 학자풍의 중년인을 바라보며 빙그레 웃었다.

　"확실히 나는 기분이 매우 좋습니다. 지금 들떠 있지요."

　"어떤 연유에서 그러신지 여쭈어 봐도 되겠습니까?"

　"물론입니다. 당신은 저의 친구이지 않습니까?"

학자풍의 중년인은 친구라는 말에 크게 감격한 얼굴을 해 보였다.

학자풍 중년인.

그의 이름은 섭향고(葉向高)로, 현재 예부시랑이라는 높은 관직에 올라 있는 관료였다.

하나 그는 눈앞에 있는 색목인 노인을 보면서 지극히 공경스러운 태도로 말했다.

"리 선생께서 저를 친구라 여겨 주어 참으로 감격스럽습니다만, 그것보다 저는 선생이 그냥 제자로 생각해 주시는 게 더 편합니다. 리 선생에게 배운 지식이 진정 엄청난데 제가 어찌 감히 선생과 나란히 하겠습니까? 과분합니다. 선생의 나라와는 달리 우리나라에서는 그것이 어렵습니다."

리 선생.

그의 정확한 이름은 마테오 리치(Matteo Ricci, 1552~1610)다.

당시 중국에 서양의 수학과 천문학을 비롯하여 세계지도를 전파해 준 선교사이자 엄청난 지식인이었다.

"또 그 문화의 차이를 말하는 것입니까? 유교 사상, 너무 어렵습니다."

"예. 하나 리 선생님께서는 그 부분을 항상 염두에 두셔야 합니다. 우리나라는 선생의 나라와는 다르게 그 부분에 대해서만큼은 매우 엄격하고 보수적입니다."

"하아…… 어렵습니다. 아직도 이 나라에 대해 배울 게 산더미입니다. 너무 많습니다."

마테오 리치가 고개를 절레절레 흔들며 울상을 짓자 섭향고는 그런 마테오 리치를 바라보며 입을 열었다.

"선생이 가지고 있는 지식은 정말로 엄청난 것입니다. 우리나라의 발전을 위해 아낌없는 조언을 부탁드리겠습니다. 선생의 나머지 부족한 부분은 저와 다른 이들이 알아서 채워 드릴 것입니다."

섭향고의 진지한 얼굴을 보며 마테오 리치는 고개를 끄덕였다.

"노력하겠습니다. 모든 분이 섭 제자님만 같으면 제가 하려는 일도 한결 편해질 텐데…… 항상 아쉽습니다."

마테오 리치.

그의 중국 이름은 이마두(李瑪竇)였다.

그의 이름을 그대로 음역하여 중국식 이름으로 짓다 보니 조금은 이상한 이름이 되었지만, 정작 본인은 대단히 만족스러워했다.

"아, 그건 그것이고 기분이 좋은 이유를 말씀해 주실 수 있으십니까?"

"아? 아아, 그럼요. 말해 드리겠습니다."

마테오 리치는 흐릿하게 웃으며 어젯밤에 만났던 수상하면서도 정체를 알 수 없었던 두 명의 여인에 대해 설명했다.

가만히 그 이야기를 듣고 있던 섭향고는 고개를 끄덕이며 신중한 얼굴을 해 보였다.

"그들은 무림인 같습니다, 리 선생."

"무림인이요?"

"예."

순간 마테오 리치의 외눈 안경이 번뜩였다.

학자 특유의 호기심이 발동한 것이다.

"혹 예전에 말씀하셨던 그 하늘을 날아다니고 손에서 바람을 쏜다는 사람을 말하는 겁니까? 요렇게요?"

마테오 리치가 어설프게 손을 앞으로 뻗으며 기합 소리를 작게 내지르자 섭향고는 슬쩍 웃음을 참으며 말했다.

"정확합니다. 그 무림인을 말하는 겁니다."

"오오! 드디어!"

마테오 리치는 잔뜩 흥분한 얼굴로 무릎을 탁 치며 섭향고를 바라보았다.

"드디어 그들을 볼 수 있는 겁니까? 저는 항상 무림이 무엇인지, 강호가 무엇인지 궁금했었습니다. 드디어 볼 수 있는 거로군요, 그들을!"

"하, 하나 리 선생…… 그들은 예의범절을 배우지 못했기에 선생에게 실례를 할 수 있습니다."

섭향고가 걱정스러운 얼굴을 해 보였다.

이야기를 들어 보니 상대방이 여자들이라고 했다.

그런 면에서 그래도 어느 정도 안심은 되지만 기본적으로 무림인들은 어디로 튈지 알 수 없는 족속들이다.

여자라 하더라도 방심할 수가 없었다.

섭향고의 입장에서는 정체도 모를 그들에게 이렇게 귀하디귀한 인재를 무방비하게 내어 줄 수 없었다.

한데…….

"괜찮습니다. 모든 궁금증에는 위험이 따르는 법이라고 일전에 저에게 이야기하시지 않으셨습니까? 감수하겠습니다, 섭 제자님."

마테오 리치는 이미 마음을 굳힌 것 같았다.

아니, 오히려 어떻게든 만나고 싶어 했다.

그런 마테오 리치를 보며 섭향고는 속으로 한숨을 내쉬었다.

평소 모든 것에 초연하고 내심을 겉으로 잘 드러내지 않는 사람이 이렇게까지 나온다면 어쩔 수가 없었다.

섭향고는 손으로 예의를 취하며 말했다.

"리 선생님께서 원하신다면 그리하십시오."

"감사합니다. 감사합니다, 섭 제자님."

마테오 리치는 환하게 웃었다.

그는 진심으로 궁금했던 것이다.

무림인이라는 존재가……. 한 번도 보지 못했던 그들만의 세상에 대해 알고 싶었다.

*   *   *

요즘 초류향은 아침에 눈을 뜨고 제일 먼저 하는 일이 생겼다.

침상에서 일어나자마자 양손을 허공에 휘저으며 자신의 눈에만 보이는 망령들을 떨쳐 냈다.

그리고 가볍게 한숨을 내쉬었다.

이것들은 조금만 방심해도 가까이 다가와서 몸속에 스며들려고 했다.

피부에 닿는 그 소름 끼치는 느낌은 정말이지 아찔했지만 현재로서는 미리미리 경계하는 것 외에는 다른 대책이 없었다.

'익숙해지라고……?'

스승님인 공손천기는 그게 유일한 해결책이라고 웃으며 이야기했다.

무덤덤해지고 그런 것에 무감각해지면 그것들은 오히려 다가오지 못한다고 한 것이다.

그런데 그게 어디 쉽겠는가?

'스승님 정도 되시니까 가능한 이야기겠지…….'

그랬다.

공손천기처럼 모든 일에 자신감이 넘치는 사람이라면 가능할 것이다.

초류향은 아쉬운 마음에 계속 투덜거리다가 문득 이상한 것이 보여서 자리에서 일어났다.

'음?'

근래에 보이기 시작한 망령들은 모두 자세히 들여다보기 전에는 그 형체가 또렷하지 않다는 특징이 있었다.

그래서 애써 의식하지 않으려 노력하면 그냥 하나의 얼룩 정도로만 보이는 것이다.

그런데 딱 하나.

어제 갑자기 생긴 하나의 형체가 유독 초류향의 신경을 건드렸다.

그 형체는 다른 녀석들에 비해 유난히 또렷했다.

'형체만 또렷한 게 아니지……'

다른 놈들과는 달리 초류향을 닦달하지도, 재촉하지도 않고 그저 물끄러미 지켜만 보았다.

어둠 속에 가만히 서서 그를 물끄러미 지켜만 보고 있는 것이다.

그게 더 초류향을 미치게 만들었다.

하루를 꼬박 고민하고 초류향은 결국 얼굴을 찌푸리다가 고개를 돌렸다.

'언제까지 피할 순 없겠지.'

이런 특이한 경우에는 직접 부딪쳐야 빨리 해결될 것만 같았다.

그래서 초류향은 그것을 똑바로 바라보았다.

그러자 보였다.

본래도 그 형체가 뚜렷했는데 자세히 바라보니 더더욱 그 모습이 확실해진 것이다.

그리고 고개를 갸웃거렸다.

한 번도 본 적이 없는 노인.

머리를 뒤로 곱게 빗어 넘긴 나이 든 할머니가 거기에 서 있었다.

너무나도 낯선 모습.

게다가 그 할머니는 한동안 초류향과 시선을 마주하다가 빙그레 미소 지었다.

초류향은 그 모습에 깜짝 놀랐다.

그 어떤 원한이나 원망은 찾아볼 수 없는 포근한 웃음이었기 때문이다.

아무리 봐도 망령들의 틈바구니에 있을 법한 사람이 아니었다.

[이제야 돌아봐 주는구나, 아이야.]

"그쪽은…… 누구십니까?"

분명 처음 보는 사람이다.

한데 저쪽은 마치 자신을 알고 있는 듯한 말투가 아닌가?

게다가 이유는 알 수 없지만 상대방에게서는 대단히 특별한 느낌이 들었다.

[너는 나를 모르겠지.]

초류향은 고개를 끄덕였다.

생판 처음 보는 사람이다.

알 리가 없잖은가?

초류향이 쉽게 긍정하며 궁금한 얼굴을 해 보이자 그 할머니가 사람 좋아 보이는 웃음을 그리며 말했다.

[내가 갑자기 등장하면 신경 쓰일 것 같아 걱정했지만…… 어쩔 수 없구나. 너에게 꼭 일러두어야 할 게 있으니…….]

초류향은 상대방의 뒷말이 이어지는 것을 손을 들어서 막았다.

"용건을 밝히시는 것보다 정체를 밝히시는 게 순서상 우선입니다."

할머니는 고개를 끄덕였다.

[그렇겠구나. 확실히 수상해 보이기는 하겠어. 지금 이 모습이라면.]

할머니는 앞에 단정하게 모아 놨던 두 손을 풀어내며 초류향을 향해 말했다.

[나는 천마신교에 마지막까지 남아 있던 신녀였다.]

"신녀……."

신녀라면 확실히 들은 기억이 있다.

공손천기.

즉, 초류향 자신의 스승님이 그런 존재를 부정하며 결국 세상에서 완전히 지워 버린 것도 알고 있었다.

막 고개를 끄덕이고 있는데 그 할머니가 다시 입을 열었다.

[그리고 나는 살아생전에 너의 스승인 공손천기를 연모했던 사람이기도 했지.]

"……!"

초류향의 눈이 동그랗게 뜨여졌다.

이건 또 무슨 말인가?

무슨 의도로 이런 말을 한 것인지 잠시 곤혹스러운 얼굴을 해 보일 때.

할머니.

즉, 생전에 신녀라 불렸던 그 영혼이 입을 열었다.

[걱정 마라. 복잡하게 생각할 필요는 없다. 이미 죽은 나와 너의 스승은 아무런 관계가 없으니……. 게다가 죽기 전에 본인에게 고백도 했다. 그러니…… 후회도 미련도 없지.]

"……."

일단 초류향은 침묵을 지켰다.

의도야 어찌 되었든 저 신녀라 주장하는 할머니의 영혼은 자신의 관심을 묶어 두기에 성공한 것이다.

이제 정체를 알았으니 그 용건을 들어 볼 시간이다.

[정해진 규율을 어기면서까지 이곳에 너를 찾아온 것은 한 가지 사실을 말해 주기 위해서란다.]

"그게 무엇입니까?"

신녀는 잠시 뜸을 들였다.

자신이 이 아이에게 어떤 사실을 말해 주는 것은 보기에 따라서는 금기를 깨는 것과도 같았다.

하지만 말해 줘야 했다.

더 늦기 전에.

[공손천기는 본래 이곳에 있으면 안 되는 사람이다.]

"그게 무슨 말씀이십니까?"

[하계에서 허락된 시간을 넘어서고 있다는 말이다.]

초류향은 고개를 갸웃거렸다.

하계에서 허락된 시간?

[진즉에 등선해서 위쪽으로 올라갔어야 할 사람인데 이곳에 발이 묶여 있다는 말이다. 스스로의 의지로 등선을 거부하고 있지.]

"그게…… 문제가 될 일입니까?"

신녀는 씁쓸하게 웃었다.

[문제가 있으니 이렇게 내가 너를 찾아온 것 아니겠느냐?]

"그것도 예언이나 신탁과 같은 것입니까?"

초류향은 기본적으로 공손천기와 생각이 같았다.

예언이라든가 신탁같이 불확실한 것은 신용하지 않았다.

그 기색을 읽었음인지 신녀는 고개를 저었다.

[이쪽과 저쪽의 경계선에 있는 너라면 보일 게다. 네 스승이 최근에 어떻게 보이더냐?]

최근의 모습?

특별히 이상한 점이 있었던가?

가만히 기억을 더듬던 초류향은 조금 찝찝한 얼굴을 해 보였다.

그러고 보니 가끔 스승님의 모습이 흐릿해졌다가 또렷해지곤 했었다.

'그게 단순한 착각이 아니었던가?'

단순한 의심.

작은 의심이 마음속에서 고개를 쳐드는 순간 또 다른 의심들이 연속해서 떠올랐다.

확실히 지금 생각해 보면 이해가 되지 않는 점이 있기는 했다.

그의 스승님은 정말로 비정상적으로 강한 사람이었다.

아무리 막수가 약해졌다곤 하지만 저런 괴물을 정말 아무렇지도 않게 제압한다는 것 자체가 이미 납득이 되지 않았다.

진즉에 허용 범위를 초과한 것이다.

[네가 본 것들은 결코 착각이 아니다, 아이야. 그것은 하나의 징조. 제아무리 등선을 미루려고 해도 결국 버틸 수 없는 순간은 오게 된단다.]

초류향은 한동안 가만히 신녀를 바라보았다.

지금 상황에서 생각할 수 있는, 가장 중요한 질문이 남은 것이다.

"스승님께서 스스로의 의지로 계속 하계에 머무신다면 어떻게 되는 것입니까?"

신녀의 대답은 곧장 이어지지 않았다.

그러다 느지막하게 열린 입에서 초류향이 예상하고 있던 최악의 말이 흘러나왔다.

[그대로 죽겠지. 하늘은 법도를 어긴 것을 오랫동안 보아주지 않는 법.]

초류향의 볼이 씰룩거렸다.

믿어야 할지 말아야 할지 갈피가 잡히지 않았던 것이다.

초류향이 잠시 생각을 정리하고 있을 때.

그의 뒤에서 누군가의 기척이 느껴졌다.

초류향은 고개를 돌렸다.

그리고 눈을 동그랗게 떴다.

"내가 이런 걸 걱정한 거다, 제자야."

"스승님……."

공손천기는 창가에 서서 뒷머리를 긁적거리며 입을 열었다.

"쓸데없는 소리에 귀 기울이지 마라. 할멈도 거기까지만 하고."

[……교주.]

"할멈은 원래 여기 있으면 안 되잖아? 사라져."

공손천기가 손을 한 번 휘젓자 눈앞에 있던 신녀의 모습이 순식간에 사라졌다.

신녀는 사라지기 직전 초류향을 바라보았다.

그 눈빛에서 무언가 묵직한 것을 느꼈기 때문에 초류향은 마음이 편치 않았다.

"아는 분이십니까?"

초류향이 묻자 공손천기가 고개를 끄덕였다.

"특이한 사람이었지."

"믿을 만한 사람인 겁니까?"

"헛소리도 진지하게 하는 사람이었다. 살았을 때도 그랬는데 죽어서 다르겠느냐?"

초류향은 방금 전 신녀가 했던 말을 헛소리로 치부하는 공손천기를 바라보았다.

공손천기 역시 그런 제자의 시선을 피하지 않았다.

"설마 저 할멈의 말이 사실이라 생각하는 게냐?"

초류향은 고개를 저었다.

진실이든 아니든 사실 그것은 그다지 중요하지 않았다.

스승님을 곁에서 떠나보내는 것은 단 한 번으로도 충분하니까.

두 번 있어선 안 된다.

"진실이든 거짓이든 그건 저에게 중요하지 않습니다."

초류향은 불안정한 얼굴로 그의 스승을 바라보았다.

절대로 보낼 수 없다.

그건 정말로 용납할 수 없다.

그 시선에 담긴 복잡한 심경을 읽은 공손천기는 툴툴 웃으며 초류향의 머리를 헝클었다.

"제자야, 나는 우화등선이라든가 하는 고급스러운 건 알지 못해."

품 안에서 연초를 꺼낸 다음 그것을 입에 물며 공손천기가 피식 웃었다.

"그러니 불안해할 필요가 없다. 그냥 이미 죽어 버린 할멈의 헛소리라고 생각해라."

"……정말 그리 생각해도 되는 것입니까?"

"그래."

초류향은 고개를 끄덕였다.

그 말이 듣고 싶었던 것이다.

불안하게 흔들리던 초류향의 시선도 뚜렷하게 안정을 찾아갔다.

그 모습을 보던 공손천기가 피식 웃으며 말했다.

"이제야 조금 어린아이 같구나."

"예?"

"항상 네 녀석을 보면 신기했었다. 어린 녀석이 만사에 너무 덤덤하지 않느냐? 세파에 찌든 노인들도 네 녀석처럼 침착하지 못할 텐데…… 쯧, 나는 그 부분이 늘 염려스러웠다."

침착한 것은 좋은 게 아니었던가?

초류향이 고개를 갸웃거리자 공손천기가 입을 열었다.

"너무 고요한 물은 큰 흐름을 만들 수가 없지. 가끔은 격한 파도도 일으키고 거센 물살로 주변을 휩쓸어 버릴 힘도 있어야 하는 법."

공손천기는 제자를 바라보며 히죽 웃었다.

"좋아. 그러고 보니 제법 재미있는 것이 하나 생각났다."

재미있는 것?

초류향은 공손천기의 입가에 그려져 있는 장난스러운 미소를 보며 살짝 불안한 얼굴을 해 보였다.

"이제부터 너에게 숙제를 내 주마."

숙제?

초류향의 눈동자가 크게 흔들렸다.

과거 그에게 제일 처음 숙제라는 것을 내주었던 사람은 조기천 스승님이었다.

그리고 이번에는 공손천기가 숙제를 내준다고 하니 기분이 이상했던 것이다.

"왜? 싫으냐?"

초류향은 황급히 고개를 저었다.

싫을 리가 있겠는가?

단지 마음이 울렁거렸던 것뿐이다.

'과연 어떤 어려움이 있을까?'

초류향은 잔뜩 기대감 어린 표정으로 공손천기를 바라보았다.

과거 조기천 스승님도 그러했고, 지금의 공손천기 스승님도 마찬가지지만, 현재 자신의 상태를 누구보다도 잘 파악하고 계신 분들이었다.

그러니 숙제도 엄청 어려울 것이 분명했다.

이미 한번 겪어 보지 않았던가?

조기천 스승님께서 내주었던 진법에 대한 숙제는 처음 겪어 보는 초류향으로서는 상상도 할 수 없을 만큼 신선했으며, 쉽게 해결되지 않는 난해한 맛이 있었다.

이번에도 그때와 같은 어려움이 있을까?

두근두근거리며 기대하고 있을 때 공손천기 스승님이 꺼낸 말은 초류향에게 다소 실망스럽게 다가왔다.

"보름 동안 최대한 많이 웃어 보아라. 그것이 너에게 내리는 첫 번째 숙제다."

많이 웃으라고?

고작 그게 숙제라는 말인가?

초류향이 혼란스러운 얼굴을 할 때 공손천기가 입을 열었다.

"숙제가 너무 쉬워 보이느냐?"

"……예."

공손천기는 제자의 대답에 의미심장한 웃음을 입가에 그렸다.

"너는 모든 문제를 너무 머리로만 받아들이려 하는 경향이 있지."

머리로만 받아들인다?

그건 당연한 것이 아닌가?

그럼 머리가 아니면 대체 어디로 문제를 받아들이라는 말이지?

의문들이 꼬리를 물고 이어질 때.

공손천기가 자신의 주먹으로 초류향의 심장 부분을 가볍게 쳤다.

"머리 말고 가슴으로 느끼라는 말이다. 그리고 모든 일을 웃음으로 받아넘겨 보거라. 기한은 보름. 그 기간 동안 얼마나 웃었는지 네가 스스로 그 횟수를 적어 나에게 보여라."

"알겠습니다."

별로 어려울 것도, 대수롭지도 않은 일이다.

하지만 공손천기 스승님께서 내주시는 첫 숙제였다.

분명 어딘가 그 의미가 있을 터.

초류향은 그렇게 생각하며 보름 동안의 숙제에 대해 진지하게 생각하기 시작했다.

第七章
이마두

　면사로 눈만 빼놓고 얼굴 전체를 가린 공손아리와 선우초린은 담벼
락 근처에서 서성거렸다.

　선우초린은 여기까지 쫓아오는 내내 공손아리를 말려 보았지만 소
용이 없었다.

　그녀의 의지가 너무도 확고했기 때문이다.

　'마테오 리치라고 했던가?'

　발음도 이상한 이름이었다.

　혀가 몇 번이나 꼬이는 이 괴상한 이름을 되뇌며 선우초린은 어제
새벽에 받아온 자료를 다시금 떠올려 보았다.

　본래는 소리 소문도 없이 죽이려고 했었다.

　그게 선우초린이 생각하는 최선의 대처였으니까.

한데 그러질 못했다.

이곳에 있는 색목인은 조금 특별한 존재였던 것이다.

그는 제법 고위 관료들과 관계가 있었다.

관료들과 관계가 있는 사람이야 새삼 두려울 것도 신경 쓸 필요도 없었지만, 조금 문제가 되는 것은 그가 황실 직계 자손 중 하나인 건안왕(建安王)과도 친밀한 관계를 유지하고 있다는 점이다.

이건 확실히 곤란한 문제였다.

건안왕이 각별히 그의 건강을 신경 쓰고 있었고, 거의 매일 그의 안부를 물어보았다.

그랬기에 선우초린조차도 함부로 손을 쓸 수 없었던 것이다.

'하필 건안왕이랑 친분이 있다니…….'

황족들 중에서도 건안왕은 매우 특별한 존재였다.

대부분의 황족들이 황제가 되지 못하면 사치와 향락에 빠져 덧없이 세월을 보내곤 했지만 건안왕은 아니었다.

매일 같이 공부하기를 게을리하지 않았고, 무예 수련을 일상으로 받아들였다.

황족치곤 대단히 성실한 사람이었던 것이다.

게다가 그는 재능이 있었다.

조금만 노력해도 모든 것을 쉽게 쉽게 배웠기 때문이다.

워낙에 다방면에 재주가 뛰어난 건안왕이었기에 그의 주변에는 항상 뛰어난 인재들이 넘쳐흘렀다.

인품 또한 무던해서 그에게 몰리는 사람들의 숫자는 해마다 늘어날 정도였다.

하나 그 엄청난 인재들 가운데서도 저 색목인은 특별했다.

건안왕도 특별히 사부(師父)라 칭하며 그를 존경하고 대우했다.

'대체 정체가 뭐야?'

정보를 캐오면 캐올수록 점점 더 알 수가 없었다.

사실 공손아리를 위해서 마테오 리치에 대한 정보를 이것저것 조사한 선우초린이지만 지금은 오히려 혼란스러움만 남게 되었다.

"아직 안 나오셨나?"

공손아리는 담벼락 너머에서 빼꼼히 고개를 내밀어 안쪽에 있는 정자를 초조한 눈으로 바라보고 있었다.

"날씨가 너무 추워서 오늘은 안 나오시려나 봅니다. 그만 들어가지요, 소군주님?"

"조금 더 기다려 보자, 링링."

선우초린은 제발 그 색목인 영감탱이가 나오지 않았으면 좋겠다고 생각했다.

더 이상 연관되는 건 좋지 않다고 여겼기 때문이다.

그때.

누군가가 담벼락을 따라 걸어 나오기 시작했다.

공손아리와 선우초린의 시선이 동시에 오른쪽으로 향했다.

그리고 그곳에는 반가운 미소를 짓고 있는 색목인 노인이 서 있었다.

그를 바라보는 선우초린의 눈살이 보기 좋게 구겨졌다.

"와 주셨구려?"

"네."

공손아리가 고개를 끄덕이자 마테오 리치는 서둘러 그녀들을 안내하기 시작했다.

"들어가십시다. 바깥은 지금 너무 많이 춥소."

"네, 감사합니다."

공손아리가 아무런 거리낌 없이 마테오 리치의 안내를 받아 안으로 들어가자 선우초린 역시 서둘러 그 뒤를 쫓았다.

이렇게 된 이상 이제 어쩔 수가 없었다.

담벼락 안으로 들어가 정자를 지나고 나자 저 너머에 마두거(瑪竇居)라는 특이한 이름의 현판이 달린 숙소가 눈에 들어왔다.

"내가 머무는 곳이외다. 허허."

선우초린은 고개를 끄덕였다.

눈앞에 있는 이 색목인 노인의 또 다른 이름인 이마두(李瑪竇)라는 것을 떠올린 것이다.

마두거라는 이름은 '마두가 사는 곳'이라는 뜻이니 정말로 이 색목인의 거처가 맞기는 맞는 모양이었다.

공손아리와 선우초린.

둘이 마테오 리치의 안내를 받으며 안으로 들어서자 마테오 리치는 미리 준비해 놓은 차와 과자를 대접하며 입을 열었다.

"춥지는 않으셨소?"

"네."

공손아리는 마테오 리치의 맞은편에 놓인 의자에 앉아 눈앞에 놓인 과자를 서슴없이 집어 먹으며 고개를 끄덕였다.

아침도 먹는 둥 마는 둥 대충 먹고 나와서 몹시 허기졌기 때문이다.

선우초린은 독이 들어 있을지도 모르는 다과를 마구 먹는 공손아리를 보며 다시 한 번 눈살을 찌푸렸다.

혹시 모를 위험에 너무도 무방비한 모습 때문이었다.

공손아리의 풀어진 머릿결을 뒤에서 세심하게 정돈해 주며 선우초린은 작게 한숨을 내쉬었다.

항상 물가에 내놓은 아이처럼 공손아리가 신경이 쓰였다.

그러고 싶지 않았는데도 공손아리의 행동 하나하나가 모두 크게 다가왔던 것이다.

그런 선우초린을 바라보며 마테오 리치는 고개를 끄덕였다.

아예 자리에도 앉지 않는 선우초린의 모습이 두 사람의 확실한 상하 관계를 보여 주고 있었던 것이다.

"괜찮으시면 그쪽도 드셔도 되오."

선우초린은 마테오 리치가 차와 과자를 권유하자 고개를 저었다.

애초부터 자신이 원해서 있는 자리도 아니었으니 되도록 너무 깊게 저 사람과 관여되고 싶지 않았다.

한데 공손아리는 아닌 모양이었다.

"할아버지는 어느 나라에서 오셨어요?"

"난 이탈리아(Italy). 이쪽 말로는 이태리(伊太利)라 부르는 곳에서 왔소."

"이태리……."

공손아리는 들어 본 기억이 있었기에 고개를 주억거리며 다시금 입을 열었다.

"그곳에는 할아버지와 같은 사람이 많은가요?"

마테오 리치는 고개를 갸웃거렸다.

"허허, 나와 같은 사람은 무엇을 말하는 것이오?"

"머리가 노랗고 눈이 파란 사람이요."

마테오 리치는 빙그레 웃었다.

역시 이 사람들도 자신의 특이한 외관에 관심을 가지고 호기심에 찾아온 모양이었다.

그는 자신의 외눈 안경을 만지작거리며 고개를 끄덕였다.

"많소. 머리가 붉은 사람들도 있지만 대다수가 금발이오."

"와…… 그럼 거기서는 그게 특이한 게 아니겠네요?"

"물론이오."

오히려 그곳에 가면 동양인처럼 머리가 까맣고 갈색 눈인 사람들이 특이한 생물 취급 받는다는 사실은 굳이 말해 주지 않았다.

그때 가만히 무언가를 생각하던 공손아리가 뒤에 있는 선우초린을 돌아보며 입을 열었다.

"이 할아버지한테는 보여 줘도 되겠지?"

"……개인적으로는 무척 말리고 싶습니다만……."

애초에 말린다고 들을 공손아리도 아니었기에 선우초린은 더 이상 말하지 않고 잠자코 기다렸다.

사실 그녀도 조금 궁금하긴 했다.

건안왕조차 사부라 부르는 이 괴상한 노인이 공손아리를 보며 무슨 말을 할지, 어떤 반응을 보일지 기대가 되었던 것이다.

마테오 리치는 둘이 수군거리는 것을 말없이 듣고 있었다.

그녀들이 무림인이라는 것을 대충 짐작하고 있다 보니 마테오 리치 역시 그녀들에게 호기심이 생겼던 것이다.

'강호에는 무슨 세력, 무슨 세력들이 많다고 들었는데…….'

듣자 하니 무림이라는 곳도 황실처럼 여러 가지의 단체로 나뉘어 있는 모양이었다.

그곳에서 서로 치열하게 힘 싸움을 하고 있는 모양새여서 그 틈바구니에 끼지 않게 최대한 조심하라는 당부를 받고 나왔기에, 마테오 리치도 선우초린이나 공손아리가 소속된 단체가 어디인지 미리 알아 둘 필요가 있었다.

그래야 실수하지 않을 테니까.

그런 것을 어떻게 물어봐야 할까?

차분하게 이런저런 생각들을 정리하고 있을 때 갑자기 맞은편에 앉아 있던 조그마한 여자아이가 얼굴 전체를 둘둘 말고 있던 면사를 천천히 풀기 시작했다.

처음에는 별생각 없이 그 모습을 보고 있던 마테오 리치는 자신도 모르게 눈을 동그랗게 떴다.

면사에 가려져 있던 얼굴은 그가 예상하고 있었던 동양인의 얼굴이 아니었기 때문이다.

자신과 같은 금발에 벽안(碧眼, 푸른 눈동자)을 가진 미소녀.

신비로운 아름다움을 가진 친숙한 외모의 소녀가 그를 보며 환하게 미소 짓고 있었다.

공손아리를 멍하게 바라보던 마테오 리치의 얼굴에 서서히 숨길 수 없는 놀라움이 떠올랐다.

*　　　*　　　*

운휘는 침상에서 상체를 일으켰다.

고개를 돌려 창밖을 보니 어슴푸레 하늘이 밝아져 오는 것이 보였다.

딱 좋은 시간이었다.

운휘는 조용히 정신을 가다듬고 주변으로 감각을 넓혀 보았다.

그리고 고개를 끄덕였다.

'아무도 없다.'

때가 되면 찾아와 시끄럽게 떠들어 대던 노진녕도 없고, 곁에서 몸 상태를 확인해 주던 선우조덕도 없었다.

완벽한 혼자.

'아니, 혼자는 아니군.'

고개를 힐긋 돌려보자 옆에 놓인 바구니에 쥐 죽은 듯이 자고 있는 막수가 보였다.

이 녀석은 대체 어디가 문제인지 모르겠지만 줄곧 일어나지 않고 있었다.

어디가 아픈 것일까?

거기까지 생각하던 운휘는 고개를 저었다.

생각해 보니 지금 자신이 누군가를 걱정할 때가 아니었다.

"너는 지금 단전뿐만 아니라 십이정경, 임독양맥 전체가 아예 말라 버렸다. 솔직하게 말하자면 그냥 말라 버린 정도가 아니라 크게 손상되어 있는 상태다. 그러니 화경의 고수라는 놈이 지금은 보통 사람보다도 못한 상태가 된 거지. 그래도 본래 이루었던 경지가 있으니 용케 목숨은 건진 게다. 그러니 절대로 무리하지 말고 요양하거라. 네 몸은 두 번에 걸친 충격에 지금 아슬아슬하게 균형을 유지하고 있는 중이다."

침을 놓아 주며 몇 번이고 무리하지 말라고 당부하던 선우조덕을 떠올린 운휘는 홀로 고개를 끄덕였다.

"기한은 넉넉하게 일 년으로 잡자. 그것보다 짧게 잡으면 네 몸을 너무 혹사시키게 될 터이니 그건 피하는 게 좋다. 네놈이 아무리 화경의 고수라도 몸뚱이가 쇠붙이로 만들어진 것도 아니니까. 수명을 단축시키고 싶지 않으면 내 말을 들어라."

일 년?

운휘는 희미하게 웃었다.

'그건 너무 길다.'

몸 안의 모든 기운이 다 타 버린 상태.

그것이 구휘의 일격을 감당한 대가였다.

당시의 몸 상태가 완전했다면 거의 피해 없이 막을 수도 있었겠지만 이미 균형이 한 번 무너져 있던 상태라 너무도 큰 피해를 당했다.

으득—

운휘는 자존심이 상했다.

몸 상태가 정상이 아니다. 시간이 더 있었으면 괜찮았을 거라는 말은 사실 비겁한 변명에 불과했다.

언제 어떤 상황에서든 항상 최상의 몸 상태를 유지해야 했다.

적들은 자신의 상태를 보면서 공격해 오는 게 아니니까.

운휘는 조용히 주변을 둘러보다 눈을 감았다.

아무리 생각해도 일 년이나 초류향의 곁을 비워 둘 순 없었다.

그의 작은 주인은 항상 생명의 위협에 시달리고 있었으니까.

자신이 곁에서 지켜야 했다.

노진녕.

그 얼간이를 믿을 수가 없는 것이다.

'수명이 줄어든다고 했던가?'

운휘는 피식 웃었다.

줄어드는 것이 단순히 수명뿐이라면 별로 상관없지 않은가?

아까울 것도, 아쉬울 것도 없다.

174 수라왕

운휘는 천천히 가부좌를 틀고 침상에 앉아 눈을 감은 채로 깊게 숨을 들이켰다.

잠시 후.

'후우우.'

농도 짙은 탁기가 입 안에서 바깥으로 뿜어져 나갔다.

그리고 동시에 깊은 명상에 빠진 운휘는 최대한 길게 호흡을 하기 위해 애썼다.

그렇게 서서히 호흡법에 매달리던 운휘의 무표정한 얼굴 위로 괴로운 기색이 떠올랐다.

항상 바다와도 같은 막대한 내공이 폭포수처럼 흐르고 있었던 운휘였다.

하지만 지금은 조각조각 끊어져서 사방으로 흩어져 버린 기운들을 하나씩 찾아내야 했다.

사실 그 작업은 쉽지 않았다.

근육과 뼈마디 깊숙이 숨어 있는 것을 쥐어짜내듯 긁어모아야 했던 것이다.

당연히 이 작업은 상상도 하기 힘든 고통을 동반했다.

'한 달…… 적어도 그 안에 몸을 원상태로 회복시킨다.'

그것이 운휘가 스스로에게 내린 과제였다.

운휘는 무아지경에 빠진 채로 고통을 참으며 몸 안의 내력들을 조심스럽게 통제했다.

그런 운휘를 바라보는 시선이 있었다.

작은 바구니에 담겨서 며칠째 움직이지 않고 있던 새하얀 토끼는 운휘를 뚫어지게 바라보다가 다시금 눈을 감았다.

'무리하는군. 인간.'

항상 복면을 쓰고 다니던 저 인간의 몸 상태는 한눈에 알아볼 수 있었다.

내부가 정말 엉망진창으로 망가져 있었던 것이다.

보통이라면 열 번 죽었어도 전혀 이상하지 않았을 상태다.

그런데도 요양할 생각은 하지 않고 저렇게 무리하게 기운을 끌어모으는 것을 보니 지극히 멍청해 보였다.

'하긴, 지금 나도 남 욕할 처지가 아니지.'

괴물 같은 공손천기.

그놈과 그 제자인 안경잡이 꼬마를 떠올리니 저절로 진저리가 쳐졌다.

막수 역시 지금 너무 극심하게 힘을 소진하여 움직일 수가 없는 상태가 되어 버린 것이다.

때문에 정말로 쥐 죽은 듯이 잠만 자야 했다.

가끔 머리 노란 계집이 찾아와서 귀찮게 쓰다듬거나 안아 주곤 했지만 몸을 움직여 저항할 힘도 없었다.

그래도 근래에 이렇게 가끔씩 눈이나마 뜰 수 있게 된 것도 인간들이 하는 저 이상한 '호흡법' 덕분이었다.

'길게 세 번 들이쉬고…… 두 번 내뱉는 건가?'

저 당장 죽을 듯이 비실비실한 인간이 틈만 날 때마다 하는 숨 쉬는 방법을 조금 흉내 내서 따라 해 보았다.

그러자 놀랍게도 조금씩이지만 몸에 힘이 들어가는 것이 느껴지는 게 아닌가?

막수에게 이것은 퍽이나 신기한 경험이었다.

답답할 정도로 느린 속도였지만 가만히 있는 것보다는 확실히 빠르게 힘이 돌아오고 있었다.

'인간들에게 이런 방법을 배우게 될 줄이야…….'

그동안 인간을 벌레처럼 무시해 오던 막수였다.

한데 근래에 너무도 엄청난 괴물들을 만나다 보니 인간을 보는 시각도 조금쯤은 달라지게 되었다.

인간이라고 우습게만 볼 게 아니었다.

특히나 이 독특한 호흡법.

'대기 중에 흩어져 있는 기운을 인위적으로 끌어모아서 몸 안에 비축하다니…….'

이 얼마나 신선한 발상인가?

역시 탐욕스러운 인간들답게 자연스럽지 못한 요상한 방법들을 연구해 온 모양이었다.

편법에 대단히 불안정한 방식이었지만, 지금의 막수는 찬밥 더운밥 가릴 처지가 아니었다.

막수는 본래의 힘을 회복하는 데 대략 수십 년이 걸릴 거라 예상하고 있었다.

그만큼 힘의 공백이 컸으니까.

한데 지금 이 편법을 사용하며 초류향 곁에서 여의주의 힘을 조금씩만 흡수할 수 있다면, 어쩌면 예상보다도 훨씬 빠르게 힘을 회복하게 될지도 모른다고 생각했다.

막수는 그런 밝은 미래를 그리며 흐뭇하게 미소 지었다.

힘을 회복하면 더 이상 하찮은 인간들과 드잡이질은 하지 않을 작정이었다.

곰곰이 생각해 보니 그놈들과 싸워서 남는 게 하나도 없었던 것이다.

오히려 창피만 당했다.

'이젠 쥐 죽은 듯이 지내며 힘만 회복해 주마.'

확실하게 힘을 회복하는 것이 최우선이었다.

복수는 그 다음인 것이다.

막수도 운휘의 옆에서 눈을 감고 천천히 무아지경에 빠져들어 갔다.

*　　　*　　　*

"흐음."

머리를 뒤로 넘겨서 단정하게 묶은 사내.

천하제일 산법가 주호유.

그의 앞에는 엄청난 양의 문서들이 놓여 있었다.

그것을 다 검토한 주호유는 지금 깊은 고민에 빠져 있었다.

"어렵다."

문서들은 조기천 선생님의 죽음에 대한 조사 결과.

그것들을 정리한 문서들이기 때문이다.

주호유는 고민이 가득한 얼굴로 탁자를 손가락으로 톡톡 치면서 생각에 빠졌다.

'무림 말살 계획을 전면적으로 수정해야 한다.'

거기까지 생각하던 주호유는 갑자기 양손으로 스스로의 머리를 쥐어뜯으며 괴로운 얼굴을 해 보였다.

"으으……."

처음부터 다시 계획을 짜려고 하니 머리가 터질 것처럼 복잡했다.

하지만 해야만 했다.

그렇지 않으면 조기천 선생님의 제자.

초류향이라는 이름의 소년.

그 아이를 자신의 손으로 죽이게 될지도 몰랐기 때문이다.

'그것만은 반드시 피해야지.'

그런 일만은 기필코 막아 볼 생각이었다.

한데 조금 곤란하게 된 것은 대장군 척계광이 현재 무림에서 가장 죽이고 싶어 하는 사람.

그 사람이 바로 공손천기라는 점이었다.

초류향은 그런 위험인물의 제자가 아닌가?

주호유가 머리를 감싸 쥐며 고민하는 이유가 바로 여기에 있었다.

어떻게든 척계광의 관심을 다른 곳으로 돌리는 동시에 해야만 하는 일이 있었다.

'지금 제일 먼저 해야 할 일은…….'

주호유는 탁자에 놓여 있던 문서들 중 가장 위에 있던 것을 와락 구기며 중얼거렸다.

"무당파."

그들은 결코 용납할 수가 없었다.

조사 결과 조기천 선생님의 직접적인 죽음은 무당파에 책임이 있었던 것이다.

그들은 무공도 모르는 조기천 선생님을 죽인 대가를 치러야만 했다.

주호유.

그가 지금부터 그렇게 만들어 줄 생각이었다.

＊　　＊　　＊

초류향은 자신 앞에 무릎을 꿇고 납작 엎드려 있는 여인을 바라보며 진지한 고민에 빠졌다.

자신을 암살하려고 했던 여인.

화령.

그녀의 처리를 어떻게 할지가 고민인 것이다.

초류향은 슬쩍 고개를 돌려 임학겸을 바라보았다.

조언을 구하는 시선.

그러자 임학겸은 가볍게 고개를 숙이며 대답했다.

"본 교의 율법대로 처리하신다면 죽이셔야 옳습니다만……."

임학겸은 입가에 가느다란 미소를 그리며 말했다.

"소교주님께서는 그러고 싶지 않으신 거지요?"

"예. 어떻게 방법이 없겠습니까?"

죽이는 것은 내키지 않았다.

정말로 부득이한 경우가 아니라면 피를 보고 싶지 않다는 게 초류향의 솔직한 심정이었다.

임학겸은 조용히 입을 열었다.

"설령 그냥 놓아 주신다고 하더라도 이 아이는 죽을 겁니다."

"예. 아무래도 그렇겠지요."

사대 가문에서 임무에 실패한 암살자를 그냥 살려 둘 리가 없었다.

여러모로 신경 쓰일 테니까.

분명 소리 소문도 없이 죽일 것이다.

그것이 그들의 방식.

초류향 입장에서는 놓아 줄 수도 죽일 수도 없는 것이다.

그렇다고 무한정 감금해 놓자니 그것도 못할 짓이었다.

초류향은 정말 심각한 난관에 부딪힌 셈이었다.

그때 임학겸이 한 가지 방법을 제시했다.

"소교주님만 괜찮으시다면 하녀로 거두시는 것도 한 가지 방법일 듯합니다."

"하녀요?"

"예. 여러 가지 편의를 봐 줄 수 있을 듯합니다만…… 본래 전문적인 암살자로 키워진 아이니 호위 목적으로도 쓸모가 많을 것입니다."

하녀라…….

그런 거추장스러운 존재는 솔직히 지금의 초류향에게 필요하지가 않았다.

오히려 부담스러운 짐이 늘어난다고 생각하면 썩 달갑지 않은 일이었다.

하나 언제까지고 이렇게 어중간하게 살려 둘 수도 없는 노릇이 아닌가?

결단을 내려야만 했다.

초류향은 잠시 화령을 내려다보았다.

그리고 입을 열었다.

"고개를 들어 보세요."

화령이 조심스럽게 고개를 들자 초류향이 그녀의 눈을 바라보며 입을 열었다.

"이야기는 들어서 대충 사정을 알 겁니다. 그러니 그쪽의 의견을 듣고 싶습니다."

초류향의 물음에 화령은 눈을 끔뻑거리며 이해를 하지 못하겠다는 얼굴을 해 보였다.

'내 의견?'

애초에 그런 것이 왜 필요하지?

윗사람은 그냥 명령만 내리면 되는 것 아닌가?

죽으라 명령하면 죽으면 되는 것이고, 그 외에 어떤 일이라도 시키면 그대로 따를 뿐이다.

그것이 그녀와 같은 소모품이 할 일이었다.

화령은 난생처음 접해 보는 이 색다른 '명령' 때문에 혼란스러워하고 있었다.

그런 화령을 가장 잘 이해하고 있던 임학겸이 입을 열었다.

"널 죽이는 건 쉽다. 하지만 살리는 건 어렵지. 소교주님께서는 지금 너를 위해 그 어려움을 감수하려고 하시는 거다. 그러니 네가 원하는 게 있다면 지금 말을 해라."

"……."

화령의 얼굴이 더더욱 혼란스러워졌다.

굳이 이런 어려움과 번거로움을 감수하면서까지 자신을 살려야 할 이유가 초류향에게는 없지 않은가?

'대체 왜?'

화령이 거기까지 생각했을 즈음.

초류향이 드디어 생각을 정리했는지 안경을 매만지며 입을 열었다.

동시에 주변 사람들에게는 보이지 않는 붉은색 거대한 눈동자가 초류향의 머리 위에 떠올랐다.

심연술을 발동한 것이다.

다른 사람의 마음을 제압하는 최고위의 술법.

"당신은 지금 죽고 싶습니까?"

이글거리는 눈빛.

아주 깊은 곳에서부터 사람의 근원을 꿰뚫는 그 눈빛과 마주하자 화령은 자신도 모르게 전신을 가볍게 떨었다.

'춥다.'

왠지 모르게 한기가 전신에서 일어났다.

그 때문에 화령은 순간 대답을 머뭇거렸다.

그동안 배워온 대로라면 당연히 죽고 싶어야만 했다.

임무에 실패했으니 자신은 폐기 처분 되어야 마땅하니까.

그런데 지금 이 순간 화령은 자신도 모르게 고개를 저었다.

그리고 그 행동에 화령은 소스라치게 놀랐다.

놀란 것은 지켜보고 있던 임학겸도 마찬가지였다.

'임무에 실패한 살수가 스스로의 의지로 살기를 바란다?'

이건 임학겸의 상식으로는 도저히 설명이 되지 않는 일이었다.

대다수의 살수들은 아주 어릴 때부터 생각이라는 것을 할 줄 모르게 세뇌되어 키워진다.

사람이 아니라 말 그대로 사람을 죽이는 '도구'로서 길러진 것이기 때문이다.

임무에 실패하면 죽는 것을 당연하게 생각하는 것이다.

그런데 방금, 그것에서 벗어나는 경우를 보자 임학겸은 놀란 눈으로 초류향을 응시하게 되었다.

'대체 어떻게…….'

의문 가득한 시선으로 초류향을 바라볼 때.

초류향은 인형처럼 굳어 있는 화령을 내려다보며 입을 열었다.

"방금 그게 당신의 솔직한 마음입니다. 당신의 마음을 알았으니 소원대로 살려 드리겠습니다."

초류향은 멍청하게 얼어 있는 화령을 뒤로하고 임학겸을 바라보았
다.

　"이 사람을 제 하녀로 삼겠습니다. 현재로서는 그 방법밖에는 없어
보이는군요."

　"……알겠습니다. 조치를 취해 놓겠습니다."

　초류향은 고개를 끄덕였다.

　방금 전 심연술을 사용하기는 했지만 화령의 생각까지 지배하지는
않았다.

　그녀의 직접적이고 솔직한 마음을 알고 싶었기에 심연술로 그녀의
정신을 순간적으로 흔든 것에 불과했다.

　그러자 솔직한 대답이 나왔다.

　그거면 충분했다.

　초류향은 엎드려 있던 화령을 일으키며 말했다.

　"앞으로 잘 부탁합니다."

　화령은 멍청한 얼굴로 고개를 끄덕였다.

　그녀는 아직도 제대로 지금의 상황이 받아들여지지 않았던 것이다.

　그저 눈앞에서 환하게 웃고 있는 소년의 모습만이 뇌리에 진하게 각
인되었다.

第八章

건안왕

　마테오 리치는 자신의 외눈 안경을 치켜세워서 몇 번이고 유심히 공손아리를 살펴보았다.

　그 집요하면서도 끈질긴 시선에 선우초린이 막 발작을 일으키려 할 때.

　마테오 리치의 입에서 낮은 감탄과 함께 더듬더듬 질문이 흘러나왔다.

　"그……대는 설마 혼혈이오?"

　"네."

　마테오 리치.

　이 서양의 순수한 노학자는 자신의 예상이 들어맞자 잠시 허허로운 웃음을 입가에 그렸다.

기뻤다.

학문의 세계에서 새로운 진리와 마주쳤을 때처럼 기뻤던 것이다.

'나 말고도 있었구나.'

마테오 리치는 먼 바다를 건너와 처음 이곳에 발을 디뎠을 때의 그 험악한 분위기를 똑똑히 기억한다.

모두가 그를 도깨비 보듯이 했고, 아무 이유 없이 그를 두려워했다.

길가에 지나가다가 마주치는 아이들은 그를 향해 돌팔매질을 했고, 어른들은 그를 향해 몇 번이고 칼을 휘둘러 왔다.

때문에 죽을 고비를 숱하게 넘겨야만 했었던 마테오 리치다.

다행히 일이 잘 풀렸기에 이렇게 이 자리에 있을 수 있었던 것이지, 조금만 삐끗했으면 쥐도 새도 모르게 죽어 나갔을 게 분명했다.

그만큼 이쪽 세상은 외부에 대해 대단히 폐쇄적이고 적대적인 곳이었다.

한데 자신 외에도 성공적으로 이곳에 정착한 자가 있다니?

자연히 호기심이 생길 수밖에 없었다.

"모친이오? 아니면 부친이……?"

"엄마요."

공손아리가 곧장 대답하자 마테오 리치는 다시 한 번 놀란 얼굴을 해 보였다.

그리고 감동스러운 표정을 지었다.

"……그랬소?"

그 여인은 자신보다 더 힘들었을 것이 분명했다.

아무래도 여인의 몸으로 살아가기에 녹록지가 않은 세상이니까.

때문에 진심으로 만나 보고 싶었다.

"실례가 되지 않는다면 만나 뵐 수 있겠소?"

그는 강호라는 세상에서 눈앞에 있는 소녀가 어느 정도 지위에 있는지 잘 모른다.

그저 어렴풋이 대단한 위치에 있을 거라고만 짐작할 따름이다.

사실 따지고 보면 소녀의 신분은 마테오 리치에게는 그다지 큰 관심사가 아니었다.

현재 그에게 중요한 것은 소녀가 소속된 단체가 어디인가 하는 것이다.

'섭 제자님이 천마신교만 조심하면 된다고 했던가?'

섭향고에게 천마신교라는 종교 단체만은 각별히 조심하라고 신신당부를 받았던 마테오 리치였다.

'인간의 생간을 파먹는 단체……'

설명만 들어도 오싹했다.

하나 마테오 리치는 걱정하지 않았다.

설마하니 눈앞에 있는 소녀가 그곳에 소속된 사람이라고는 도저히 생각되지 않았던 것이다.

'그럴 리가 없지.'

섭향고에게 전해 들은 바에 따르면 천마신교라는 종교 단체는 대단히 미개하고 원시적인 단체였다.

문명이 발달하지 못한 지역에서나 할 법한 인간을 신에게 바치는 행위.

즉, 인신공양을 하는 종교라고 들었으니까.

워낙 땅덩이가 넓은 나라니까 간혹 그렇게 문명이 떨어지는 곳이 있긴 할 것이다.

'이 아이는 아니다.'

눈앞에 있는 소녀의 복장이나 뒤에 있는 호위무사의 태도로 보았을 때 이들은 꽤나 오랫동안 예법을 배운 티가 역력했다.

마테오 리치는 순간적으로 자신의 머릿속에 든 의심을 떨쳐 버리며 기대감 어린 표정으로 소녀를 바라보았다.

그 시선을 받은 공손아리는 천천히 고개를 저었다.

"엄마는 돌아가셨어요. 저를 낳고. 그래서 만나 보실 수 없어요."

"이런…… 내가 실수했소. 미안하오."

마테오 리치가 공손아리의 대답에 정말 미안한 얼굴로 안절부절못하자 공손아리는 그를 안심시켰다.

"괜찮아요. 저는 잘 기억나지도 않아요."

"그렇소이까……."

고개를 끄덕이며 특별히 신경 쓰지 않는 듯한 태도를 보이는 공손아리에게 마테오 리치는 크게 안도했다.

'다행이다.'

마테오 리치는 무의식적으로 목에 걸고 있던 십자가 모양의 나무 목걸이를 만지작거렸다.

그는 지식인이자 천주교의 교리를 세상에 전파할 의무가 있는 전도 자였다.

그는 한 사람의 종교인으로서 먼저 세상을 떠난 공손아리의 모친을 위해 두 손을 가지런히 모은 채 작게 기도문을 읊었다.

그 진지하고 신비로운 모습을 가만히 지켜보던 공손아리가 신기하다는 얼굴을 해 보였다.

"그게 할아버지 나라의 말인가요? 무슨 주문 같아요."

마테오 리치는 공손아리의 질문에 빙긋 웃으며 말했다.

"우리나라의 말이오. 이쪽의 말로 해석하자면 신께 고인의 명복을 비는 축언과 같은 말이외다."

"축언……."

공손아리가 고맙다는 뜻을 표하자 마테오 리치는 고개를 가볍게 끄덕이며 두 손을 가지런히 모아서 기도하는 자세를 취해 보였다.

"좋은 곳으로 가셨기를 빌었소."

공손아리는 해맑게 웃으며 고개를 끄덕였다.

"분명 좋은 곳으로 가셨을 거예요. 아빠는 엄마가 하늘에서 온 선녀라고 했으니까요. 천하에서 제일 이뻤대요."

공손아리는 엄지를 세우며 장난스러운 얼굴을 해 보였다.

마테오 리치는 그 모습을 보고 흐뭇한 미소를 지었다.

눈앞에 있는 소녀가 생각보다 더욱 귀하게 자라 왔다는 것을 이번의 대화를 통해 알 수 있었다.

소녀는 티 없이 맑았고, 스스로의 감정에 솔직했다.

그때 뒤에서 가만히 지켜보고 있던 여인이 불쑥 입을 열었다.

"질문을 해도 될까?"

명백한 하대였다.

하나 마테오 리치는 전혀 개의치 않고 고개를 끄덕였다.

"해도 좋소."

"그쪽…… 대체 건안왕과는 무슨 사이지?"

건안왕을 알고 있다?

마테오 리치가 자신도 모르게 두 눈을 끔뻑거릴 때.

"건안왕이 누구야, 링링?"

공손아리가 궁금한 얼굴로 끼어들자 선우초린이 지극히 조심스러운 표정으로 입을 열었다.

"현 황실에 몇 안 되는 황족 중의 한 사람입니다. 젊고, 대단히 유능하다고 들었습니다. 게다가……."

젊고 다재다능한 황족.

게다가 그는 배움을 게을리하지 않았다.

거기까지면 괜찮은데 건안왕에게는 문제가 있었다.

그의 초상화를 떠올리며 선우초린이 얼굴을 찌푸렸다.

"그는 무림에 대해서 관심이 많다고 들었습니다."

무림에 대해 관심이 많은 황족.

심지어 능력마저도 뛰어났다.

천마신교의 입장에서 보자면 지극히 위험한 황족이었다.

그자와 연관이 있는 마테오 리치도 사실 선우초린이 판단하기에 대단히 위험스러웠다.

이렇게 수상스러운 자를 이 이상 가까이했다가는 괜한 불똥이 튈지도 모른다.

그렇게 판단을 내린 선우초린을 바라보며 마테오 리치는 눈을 깜빡였다.

'링링은…… 애칭과 같은 건가?'

그러고 보니 통성명을 하지 않았었다.

마테오 리치가 지금 이 순간에 엉뚱하게도 이 부분을 아쉬워하며 막 입을 열려고 할 때.

"잠깐."

선우초린은 창밖을 보며 손을 들어 마테오 리치의 말을 막았다.

'누군가가 온다.'

발걸음 소리와 기척들을 하나하나 세어 보던 선우초린은 힐긋 마테오 리치를 바라보며 얼굴을 찌푸렸다.

"네가 부른 자들인가? 우습군. 고작 다섯 놈으로 우리를 어떻게 할 수 있을 줄 알았나 보지?"

선우초린의 눈동자가 점차 가늘어졌다.

다가오는 기척은 모두 다섯 명.

발걸음으로 짐작해 보았을 때 다섯 명 모두 제법 체계적으로 무공을 익힌 놈들이었다.

그래 봐야 제일 뛰어난 놈이 일류 고수 수준.

절정의 끝에 다다른 선우초린에게 있어서 저 정도는 정말로 웃음도 안 나오는 수준인 것이다.

'몽땅 다 죽이고 여길 뜬다.'

무슨 일이 있어도 공손아리의 얼굴은 외부에 공개되어선 안 된다.

눈앞에 있는 색목인이야 어찌어찌 예외로 친다 하더라도 새로 이쪽으로 다가오고 있는 발걸음의 주인들까지 그냥 살려 둘 순 없었다.

그렇게 모두 죽이기로 결심한 선우초린의 얼굴에 서서히 광기가 떠오를 때.

마테오 리치가 서둘러 입을 열었다.

"내가 나가서 다 돌려보내겠소. 그러니 제발 진정하시오, 소저."

"……."

선우초린은 살기가 번들거리는 눈으로 마테오 리치를 바라보았다.

마테오 리치는 그 시선을 정면으로 받고도 아무렇지도 않게 입을 열었다.

"나를 도와주는 사람들이오. 이번 한 번만 자비를 베풀어 주시면 안 되겠소?"

마테오 리치는 본능적으로 알았다.

눈앞에 있는 여인이 그가 보아 왔던 그 어떤 사람들보다 뛰어난 고수라는 사실을.

건안왕이 호위랍시고 보내준 무인들과는 그 차원이 다른 고수라는 점을 단박에 알아본 것이다.

'제법인데?'

무공을 익히지도 않은 주제에 주눅 들지도 않고 사태를 정확하게 파악한 것은 확실히 훌륭했다.

하나 그 내용은 정말 말도 안 되는 개수작.

선우초린이 음침하게 웃으며 허리춤에서 채찍을 풀어내려고 할 때.

옆에 있던 공손아리가 그녀의 소매를 잡아챘다.

"링링…… 그러지 마."

"소군주님……."

채찍을 잡아 가던 선우초린의 마음이 단박에 약해졌다.

생각해 보니 공손아리 앞에서 살생을 하기도 좀 그랬던 것이다.

"할아버지 저희 그냥 다음에 다시 와도 될까요?"

"그래 주시겠소?"

마테오 리치가 반색하자 공손아리는 고개를 끄덕이며 풀어 놓았던 면사를 다시 얼굴에 감기 시작했다.

번거롭고 귀찮더라도 이 작업은 꼭 필요했다.

안 그러면 곁에 있는 선우초린은 정말로 그녀의 얼굴을 본 모든 자들을 죽이려 들 게 분명했으니까.

순식간에 얼굴을 다 가린 공손아리가 가볍게 목례를 한 뒤 서둘러 자리를 떴다.

선우초린의 도움을 받아 문이 아닌 창문을 통해서 바깥으로 빠져나간 것이다.

두 사람이 빠르게 바깥으로 빠져나가자 갑자기 주변이 소란스러워지기 시작했다.

마테오 리치는 서둘러 크게 소리쳤다.

"그들을 쫓지 마시오! 내 손님이오!"

다행히 그의 외침은 효과가 있었다.

"태사(太師)의 손님이라고 하신다. 쫓지 마라."

"명을 받듭니다."

잠시 외부의 소란스러움이 가라앉고 누군가가 문밖에서 기척을 흘렸다.

"잠시 들어가도 되겠습니까, 태사."

"괜찮소. 들어오시오."

마테오 리치가 허락하자 바깥에 있던 일행들의 우두머리가 수하들을 바라보며 말했다.

"너희들은 바깥에 있어라."

"알겠습니다."

수하들을 배치시켜 놓은 우두머리는 안으로 들어오며 정중하게 예의를 갖춘 후 입을 열었다.

"선약이 있으신 줄 알았지만 부득이하게 결례를 범했습니다. 죄송합니다, 태사."

"괜찮소. 급한 일인가 보오."

우두머리.

마테오 리치를 호위하는 호위 무장 장태산.

다부진 체격에 책임감 강한 인상의 중년인은 고개를 끄덕이며 입을 열었다.

"왕야께서 오신다고 급한 기별이 도착했습니다."

"왕야께서 이곳으로 직접 말이오?"

"그렇습니다, 태사. 거의 다 오신 것으로 알고 있습니다. 그래서 부득이하게 결례를 범했습니다. 용서하시기를……."

마테오 리치는 고개를 끄덕였다.

이런 일이라면 납득할 수 있었기 때문이다.

건안왕이 이곳으로 직접 온다는데 다른 모든 약속들을 뒤로 미루는 것은 당연했다.

급하게 떠난 그 소녀 일행에 대해서 아쉬움이 없다고 한다면 거짓이겠지만 그래도 다음에 또 찾아온다고 했으니 지금은 그 말을 믿고 기다릴 수밖에 없었다.

그때 바깥에 있던 호위무사들이 크게 소리쳤다.

"왕야께서 도착하셨습니다!"

천세천세, 어쩌고 하는 소리가 크게 들리며 누군가가 바람처럼 문 안으로 들어섰다.

짙은 검미에 조각 같은 얼굴.

온갖 무공으로 다져진 군살 없는 몸매.

값비싼 황금빛 용포를 몸에 두른 채 여유롭게 웃으며 등장한 사내.

그가 바로 건안왕이었다.

"오랜만이오, 사부. 그동안 건강하시었소?"

마테오 리치 역시 사내를 보면서 웃는 낯으로 양손을 가지런히 모으며 읍을 해 보였다.

"저야 항상 건강하지요, 왕야."

"기별도 없이 갑작스럽게 찾아와 미안하게 되었소. 한데 선약이 있

었던 모양이오?"

탁자에 놓여 있던 과자와 찻잔을 바라보며 건안왕이 묻자 마테오 리치는 고개를 끄덕였다.

"있었지만 다음으로 미루게 되었습니다."

"호오? 설마 어여쁜 처자들이라도 있었소? 내가 오면 항상 버선발로 맞이하던 사부가 이렇게 시큰둥한 반응이라니…… 적잖이 실망할 뻔했잖소."

마테오 리치는 빙그레 웃었다.

어떻게 보면 참으로 직감이 뛰어난 왕야이지 않은가?

게다가 이렇게 장난을 걸어왔으니 장난으로 받아쳐 줘야 인지상정.

"정확하게 보셨습니다, 왕야. 어여쁜 처자들과 특별한 약속이 있었는데 왕야 때문에 이렇게 파토가 났소이다. 이 사태를 왕야께서는 어떻게 보상해 주실 생각이십니까?"

건안왕의 눈이 동그랗게 뜨여졌다.

"정말이오? 사부께서 어여쁜 처자들과 약속이 있었다는 게? 칙칙한 사내들이 아니고?"

"그렇소이다, 왕야."

마테오 리치가 순순히 긍정하자 건안왕이 충격받은 얼굴로 한 걸음 주춤 물러서며 말했다.

"허어? 이 내가 근래에 보기 드물게 큰 실수를 했소. 이거 정말로 큰일이구려. 이걸 어떻게 보상해 주어야 하려나……."

건안왕은 마테오 리치의 농담을 들으며 진심으로 미안한 얼굴을 해 보였다.

그 진지한 태도에 마테오 리치는 고개를 절레절레 저으며 말했다.

"괜찮습니다, 왕야. 마음 쓰실 필요 없습니다. 조만간 다시 만나기로 했습니다."

"아니오. 사부의 즐거움을 빼앗다니…… 이건 나 스스로 용납할 수 없소."

건안왕은 두 주먹을 불끈 쥐며 마테오 리치를 바라보았다.

"꼭 보상을 해주겠소, 사부."

"괜찮습니다, 왕야."

"아니오. 이건 내가 꼭 보상하고 싶어서 그렇소."

마테오 리치는 순간 불안한 표정을 해 보였다.

보상을 하고 싶다는 건안왕의 얼굴에 악동 같은 미소가 떠올라 있음을 본 것이다.

*   *   *

건안왕은 평소에 그 넘치는 재능을 주체하지 못하는 사람이었다.

본인 스스로가 다재다능한 천재였고, 인품 또한 모나지 않았기에 항상 그의 주위에는 인재가 끊이지 않았다.

게다가 그의 곁에 모인 인재들은 모두가 건안왕을 위하여 일하기를 조금도 주저하지 않았다.

덕분에 건안왕은 항상 필요한 사람들을 적재적소에 쓸 수 있었고,

그 점은 이번에도 마찬가지였다.

"사람이 필요하다."

"어떤 자가 필요하십니까?"

"무공이 대단히 뛰어난 자가 필요해. 적어도 나보다는 나아야겠지?"

건안왕의 오른팔이자 왕야의 개인 잠모직을 맡고 있는 변정훈(辨政勳)은 바닥에 납작 엎드린 상태로 입을 열었다.

"왕야의 무공이 이미 절정의 수준에 닿아 있음을 알고 있습니다. 한데 그보다 더 뛰어난 인재를 찾으신다 함은 화경의 고수를 말씀하시는 것입니까?"

"화경의 고수라……. 그래, 그 정도라면 든든할 것 같군. 구할 수 있겠나?"

"……태사와 관련된 일인 것입니까?"

"그래. 사부와 관련된 일이다. 그러니 나 역시 이렇게 신중하게 준비하는 거지."

건안왕은 후원에 앉아서 마테오 리치가 묵고 있는 숙소를 바라보며 입을 열었다.

"사부는 나보다 더 무림에 관심이 많아. 그는 비록 무림인이 아니지만 그 누구보다도 사람을 정확하게 판별할 수 있는 혜안(慧眼, 지혜로운 눈)을 지니신 분이다."

건안왕은 저 먼 바다 건너에서 온 색목인을 대단히 높게 평가했다.

그가 가지고 있는 지식의 방대함에는 감히 천하에 당할 자가 없다고 여기는 것이다.

건안왕은 그동안 수없이 많은 인재들을 보아 왔지만 마테오 리치처럼 모든 면에서 압도적인 성취를 보이는 천재는 일찍이 본 적이 없었다.

"그런 사부가 판단하기에 오늘 이곳에 방문했던 손님들 중 하나는 나보다 윗줄의 고수라고 했다."

"……!"

"내가 나보다 강한 고수를 원하는 이유가 무엇인지 이제 알겠지?"

"명을 받듭니다."

"혹시나 해서 말하는 것이지만 사람을 구하기 어려우면 내 신분을 적극적으로 활용해도 좋다. 외부에 드러나도 관계없다는 말이다. 무슨 말인지 알겠느냐?"

"알겠습니다."

"그럼 부탁하마."

변정훈은 왕야를 향해 넙죽 엎드린 상태에서 몸을 일으켰다.

왕야가 그에게 원하는 것은 단 하나.

최대한 빠르게 화경의 고수를 구해 오는 것이었다.

다행히 변정훈은 근방에 있는 화경의 고수를 알고 있었다.

그리고 그는 절대 왕야의 명령을 거역할 수 없다는 사실도.

*　　　*　　　*

주호유는 자신을 갑작스럽게 찾아온 손님을 보며 고개를 갸웃거렸다.

"윗분들에게는 아무런 연락도 받지 못했습니다만……."

"알고 있소. 하나 사안이 워낙에 중대해서 결례인 줄 알면서도 이렇게 그대를 찾아오게 된 것이오."

주호유는 고심했다.

상대방은 정식으로 관직에 오르지 않았기에 신분상으로는 주호유보다 아래였지만, 황족인 건안왕이 수족처럼 부리는 자였다.

당연히 주호유로서도 조심하지 않을 수가 없었다.

"아무리 그래도 이렇게 갑작스럽게 화경의 고수를 내 달라고 하는 것은 들어드릴 수가 없습니다."

안 되는 것은 안 되는 것이다.

언제 어느 시점에 대규모로 전쟁이 벌어질지 모르는 이 마당에 중요한 전력을 외부로 돌릴 수는 없는 노릇이니까.

"왕야는 그대들이 이곳에서 비밀리에 특별한 작전을 수행 중이라는 사실을 알고 계시오."

"……."

변정훈의 말에 주호유의 눈동자가 가늘어졌다.

황실에서도 황제를 제외하면 정말로 극소수의 관료들만 알고 있는 사실이었다.

무림 말살 계획.

이 비밀스러운 계획을 대체 건안왕이 어떻게 알았을까?

"왕야의 정보력을 무시하지 마시오. 주 학사, 그대의 능력이 뛰어남을 알고 있기에 왕야께서는 그대와 대장군이 하고 있는 이번 일을 모르는 척해 주고 있는 것이오."

"……."

무림 말살 계획.

이것은 분명 황제의 허락을 받긴 했다.

하나 아무리 황제가 허락했다지만 절대 겉으로는 드러낼 수 없는 명령이었다.

현재 관직에 있는 모두가 이 무모한 계획에 반대할 것이 분명했기 때문이다.

만약 지금 건안왕이 이것을 공식적으로 거론한다면 자칫 계획 전체가 백지화될 수 있었다.

그만큼 현재의 황제가 가진 절대 권력이 많이 흔들리고 있는 상태였다.

주호유는 그 사실들을 떠올리며 얼굴을 찌푸렸다.

상대방이 가지고 있는 패가 너무도 압도적이었기 때문이다.

"어쩌시겠소, 주 학사?"

"……화경의 고수를 데려가서 어떻게 쓰려 하시는 것입니까?"

"일에 대해서는 말해 줄 수 없음을 이해하시오. 그래도 왕야께서 직접 하시는 일이니 도리에 어긋나는 짓을 하거나 무모하게 일을 진행해서 그쪽에게 피해가 가도록 하지는 않을 것을 장담하겠소. 기간도 그리 길지 않을 게요. 어차피 우리 역시 다음 일정이 있으니 그 전까지만 왕야의 곁에서 보필해 주면 되는 것이외다."

주호유는 깊은 한숨을 내쉬었다.

'황족의 유희인가?'

황족들은 가끔 그 삶이 무료해지거나 하는 일이 없어 심심할 때마다 한 번씩 이상한 짓들을 하곤 했다.

수만금을 들여서 금으로 성원을 꾸민다든가 보석으로 만든 꽃들을 심는다든가…… 평범한 사람들은 생각하기도 힘든 짓을 하는 것이다.

쓸데없는 곳에 귀중한 전력을 낭비하고 싶지 않은 주호유였지만 지금은 정말 어쩔 수 없었다.

상대방은 이미 이쪽이 취할 수 있는 모든 변수들을 예상하고 접근해 왔다.

그에 비해 자신은 아무런 준비도 하지 못하고 난타를 당하고 있는 셈이었으니…….

"이건 도리가 없겠습니다. 태 공공."

주호유가 뒷머리를 긁적이며 난처한 듯 말하자 갑자기 그의 뒤쪽 공간이 일렁거리며 하늘하늘한 새하얀 장포를 걸친 아름다운 사내가 걸어 나왔다.

"쯧, 저쪽이 완전 작정을 하고 왔으니 대책이 있을 리가 없겠지. 다녀올게."

"예. 몸조심하세요. 궁에서 어르신들이 나오실 때까지는 다치시면 곤란합니다."

태 공공은 특유의 나른한 얼굴로 손을 가볍게 흔들어주고는 변정훈에게 다가갔다.

"내가 왕야께서 찾고 있는 화경의 고수다. 안내해라."

변정훈은 태 공공을 한 번 힐긋 본 후 고개를 끄덕였다.

그는 처음부터 태공공이 나올 것을 알고 있었기 때문에 별로 놀라지도 않았다.

이곳에 현재 나와 있는 화경의 고수는 태 공공이 유일했기 때문이다.

"하실 일에 대해서는 별장에 도착하면 왕야께서 직접 설명해 주실 겁니다."

"부디 재미있는 일이기를 기대해 보지."

"실망하지 않으실 겁니다. 왕야께서는 그릇이 크신 분이시거든요."

변정훈이 자신만만하게 말하자 태 공공은 자신의 붉은 입술을 혀로 한 번 핥으며 말했다.

"왕야께서 하시는 기행(奇行, 기이한 행동)에 대해서 평소 이야기는 많이 들었지. 재미있겠군."

황족의 유희는 평소 궁에서도 지겹게 보아 왔던 태공공이다.

건안왕은 그런 황족들 중에서도 황제를 제외하면 발군의 영향력을 끼치는 인물.

과연 얼마나 커다란 유희를 즐길 수 있을지 기대가 되었다.

*　　　　*　　　　*

"아! 이거 정말 곤란한데."

엄승도는 자신에게 올라온 문서를 받아 보며 얼굴을 찌푸렸다.

공손아리와 선우초린.

그녀들이 외부로 나간다는 것은 이미 알고 있었다.

하나 워낙에 선우초린이 이런 면에서 경계를 착실히 했기에 별다른 걱정을 하지 않았는데…….

"사고를 쳐도 아주 대형 사고만 골라서 치는구만. 하필 건안왕이랑 엮일 건 또 뭐야…….”

엄승도는 짜증스러운 얼굴로 머리를 벅벅 긁어 댔다.

이러다가 오십 줄에 들어서기도 전에 대머리가 될 판이었다.

그의 얼굴이 복잡해질 때쯤.

뜻밖에도 선우초린이 먼저 그를 불쑥 찾아왔다.

"묻고 싶은 게 있어."

엄승도는 갑자기 찾아온 선우초린을 힐긋 바라보며 팔짱을 끼었다.

"물어보시든지."

둘의 관계는 생각보다 복잡했다.

과거 엄승도는 선우가의 가주인 선우강진의 부름을 받고 갔다가 그곳에서 아무것도 모른 채 선우초린에게 개 맞듯이 처맞은 적이 있었다.

'기습을 할 줄은 상상도 못 했었지…….'

억울했다.

사실 무공 수위를 보자면 그때나 지금이나 엄승도와 선우초린은 서로 엇비슷했다.

선우초린이 미세하게 앞서 있지만 그것은 그야말로 실낱같은 차이였다.

오히려 생각하기에 따라서는 실전 경험이 많은 엄승도가 유리할 수도 있는 것이다.

아무튼 과거에 선우초린에게 늘씬하게 두들겨 맞고 바닥에 매다 꽂힌 적이 있던 엄승도로서는 그녀가 곱게 보이지 않았다.

그렇다고 남자 체면에 뭐라고 할 수도 없으니 속앓이만 해 온 것이다.

선우초린 역시 그 사실을 잘 알았기에 퉁명스러운 태도를 보이는 엄승도를 쳐다보다가 고개를 돌리며 작게 중얼거렸다.

"……쫌생이."

"뭐?"

엄승도의 이마에 핏줄이 돋아날 때.

선우초린이 아무렇지도 않은 얼굴로 질문했다.

"건안왕이 움직였다면서."

"……귀는 열어 두고 사는군."

"소군주님에게는 알리지 않았어."

"어째서?"

말려야 했다.

그래야 만약의 사고를 줄일 수 있으니까.

선우초린 역시 그 사실은 알고 있었다.

하지만 그녀는 애초에 공손아리를 말릴 마음이 없었다.

그랬기에 엄승도를 힐긋 바라보며 입을 열었다.

"소군주님이 원하는 건 그대로 다 할 수 있게 내버려 둘 참이거든."

"……미쳤군."

소군주님.

즉, 공손아리가 사실을 알게 되면 상당히 실망하겠지만 이번 일은 그녀를 설득해서 바깥출입을 통제하는 것이 옳았다.

"방법을 생각해 봐."

엄승도는 선우초린을 황당하다는 얼굴로 바라보았다.

선우초린 역시 그런 엄승도의 시선을 피하지 않았다.

엄승도의 얼굴에 차츰 경련이 일어났다.

"……네년 뻔뻔한 건 예나 지금이나 여전하군. 그게 부탁을 하는 사람의 태도냐?"

선우초린은 입술 끝을 말아 올리며 말했다.

"이쪽이 사고를 치면 골치 아픈 건 너야."

"……끙."

분하지만 선우초린의 말이 맞았다.

저들이 사고를 치면 항상 뒷수습은 엄승도의 몫이었던 것이다.

엄승도는 이를 부득부득 갈면서도 인정했다.

다행히도 일이 커지기 전에 알게 되었으니 그것을 최대한 축소하고 이왕이면 사고가 터지지 않게 예방하는 것이 엄승도가 해야 할 일이다.

'방법이 없나?'

엄승도는 진지하게 고민했다.

'그냥 확 교주님에게 알려?'

그게 제일 편하긴 하지만 그것은 스스로의 무능력함을 드러내는 거나 마찬가지였다.

게다가 교주 공손천기가 움직이면 일이 너무 커지게 된다.

뒷감당이 되지 않는 것이다.

상대는 황족이었다.

만약에라도 공손천기가 그를 상하게 한다면 그 후의 일은 정말 건잡을 수가 없다.

'젠장! 누구 없나?'

적당한 사람이 필요했다.

움직이더라도 딱히 큰 소란이 일어나지 않을 사람.

다만 그 힘만은 확실히 압도적이어야만 했다.

엄승도가 머리에 쥐가 날 정도로 고민하고 있을 때.

문득 누군가의 얼굴이 떠올랐다.

"……소교주님에게 부탁해 봐."

선우초린의 눈에 빛이 번뜩였다.

"소교주님과 함께 움직이라는 말인가?"

엄승도는 고개를 끄덕였다.

"노진녕 님도 어느 정도 회복이 되셨고…… 소교주님 그분도 강하시니까. 게다가 여차하면 진법도 사용할 줄 아시고……."

선우초린은 엄승도의 제안을 곰곰이 생각해 보다가 얼굴을 찌푸렸다.

좋은 방법이긴 했지만 마음에 드는 방법은 아니기 때문이다.

그 꼬마와 동행이라니?

잠시 이런저런 요소들을 고려해 가며 저울질하던 선우초린은 결국 마뜩잖은 얼굴로 엄승도를 바라보았다.

"일단은 소군주님의 안위가 최우선이니…… 나쁘지 않은 방법이군."

엄승도는 가슴을 쓸어내렸다.

예상 외로 이 괴팍한 녀석이 순순히 동의한 것이다.

그때 선우초린이 다시 입을 열었다.

"한데 소교주님을 움직일 방법이 있어?"

엄승도는 피식 웃었다.

"물론이지. 소교주님은 반드시 움직이실 거다. 그 부분은 걱정하지 마. 내가 말해 놓지."

선우초린은 잠시 미심쩍은 얼굴을 해 보였으나 곧 고개를 끄덕였다.

엄승도가 그렇다고 하면 그런 거였다.

이 사내는 비록 속은 좁을지언정 이런 일에서는 절대로 거짓말을 하는 남자가 아니었다.

第九章
건안왕의 유희

초류향은 엄승도가 가져다준 보고서를 받아 읽으며 눈을 빛냈다.

"정말 기하원본(幾何原本, 마테오 리치가 전해 준 서양의 기하학에 관한 책)의 저자가 이곳에 있다는 겁니까?"

"예. 여기에 있습니다."

"그곳에 가면 그를 만나 볼 수 있는 겁니까?"

"예. 한데…… 그곳은 저희의 영역이 아니라서."

"괜찮습니다. 제 몸은 제가 지킬 수 있습니다."

초류향은 당장 몸을 일으켰다.

평소에는 접할 수 없었던 서양의 산술을 자세히 알 수 있는 절호의 기회였다.

망설일 이유가 없었다.

아니, 무슨 일이 있더라도 만나고 싶었다.

서양의 산술은 정말이지 고도로 발달해 있었다.

그것에 대해 토론할 것만 생각해도 벌써부터 전신이 떨릴 정도로 흥분되지 않는가?

'내가 이럴 줄 알았지.'

엄승도는 속으로 씁쓸하게 웃었다.

맨 처음 만났을 때부터 느꼈던 것이지만 소교주님은 산법이라는 괴상하고 별난 학문을 정말로 좋아했다.

그 어렵고 복잡한 숫자놀음이 뭐가 그리도 좋은지, 지금도 이렇게 망설이지 않고 서둘러 나갈 채비를 하는 것을 보면 자신의 경고쯤은 이미 안중에도 두지 않는 듯했다.

'이제 걱정할 일은 없는 건가?'

노진녕에게는 가서 미리 언질을 해 두었다.

소교주님이 바깥으로 나가실지 모르니까 미리 나갈 준비를 하고 있으라고…….

뭐 나머지는 선우초린이 어련히 알아서 준비했겠냐마는…… 상대가 워낙에 감이 안 잡히는 황족이다 보니 약간은 걱정이 되었다.

'별일 없겠지?'

무언가 조금 찜찜했다.

건안왕이라는 존재는 확실히 특별했다.

그에 대한 세간의 평가는 '황족답지 않게 소탈하신 분.' 혹은 '언제나 먼저 사람들에게 다가가는 친절한 황족' 등등 여러 가지가 있었지만 그에 대해 꾸준히 조사해 온 엄승도의 생각은 조금 달랐다.

'그냥 또라이지, 뭐.'

그것도 대단히 혈통 좋고 능력 있는 또라이.

이것이 엄승도가 건안왕에 대해 내린 솔직한 평가였다.

재능도 있고, 신분도 높았다.

그럼 그에 걸맞은 면모를 보여야 정상이다.

하나 건안왕은 그렇지 않았다.

콕 찍어서 무어라 설명할 수는 없었지만 엄승도가 보았을 때 건안왕은 정상이 아니었다.

더 큰 문제는 그런 건안왕이 무림에 관심이 아주 많다는 점이다.

단순히 흥미를 보이는 정도가 아니라 직접적으로 그 세계에 끼어들고 싶어 안달이 난 것이다.

이게 문제였다.

'게다가 그놈 주변에는 워낙 대단한 놈들이 많으니, 원⋯⋯.'

건안왕 주변에는 인재들이 하도 많아서 무슨 음모를 꾸며 놨을지 짐작조차 가지 않았다.

그 부분이 약간 걱정이 되었지만 한편으로는 기대도 되었다.

초류향이 그곳에 가기 때문이다.

엄승도는 거기까지 생각하다가 자신도 모르게 고개를 갸웃거렸다.

'이 감정은 뭐지?'

왠지 초류향이 간다면 그곳에 어떠한 위험이 있더라도 헤쳐 나올 것만 같았다.

건안왕이라는 미친 또라이를 가볍게 제압하고 돌아올 것만 같은 기분.

이 기분, 이 감정이 '신뢰'라는 사실을 깨닫게 된 것은 초류향이 채비를 마치고 이미 바깥으로 나간 후였다.

엄승도는 멍한 얼굴로 마차에 오르고 있는 초류향을 바라보았다.

언제부터인가 초류향이라는 존재를 믿고 있었던 것이다.

엄승도는 눈앞에서 멀어져 가는 마차를 보면서 한동안 미동도 없이 스스로의 감정을 되짚어 보았다.

언제부터, 대체 어떻게 소교주를 믿고 신뢰하게 되었는지 생각해 본 것이다.

                    *   *   *

선우초린은 마차를 몰면서 불만스러운 얼굴을 해 보였다.

마부석에 함께 탄 노진녕이 아까부터 자신을 힐끔힐끔 바라보며 얼굴을 붉히고 있었던 것이다.

'어디서 개수작질을……'

그동안 남자들의 저런 시선은 질리도록 겪어 왔다.

그리고 그때마다 처절한 응징을 내려 주었다.

한데 옆에 있는 노진녕은 그러기도 쉽지 않았다.

무공도 그녀보다 강했고, 소교주의 호위무사라는 직책 역시 쉽게 볼 수가 없었기 때문이다.

열 받는 노릇이지만 마음대로 두들겨 팰 수도 없는 상대였다.

게다가 그녀를 더욱 미치게 하는 것이 있었다.

지금 마차 안에는 공손아리와 초류향, 단둘만이 타고 있지 않은가?

대체 둘이서 무슨 이야기를 하고 있을까?

소교주와 공손아리가 가까워지는 것만은 어떻게든 막고 싶은 선우초린이었다.

둘이 함께 있다는 생각만으로도 속이 뒤집어질 것 같은데 옆에서 바라보는 노진녕의 엉큼한 시선까지 더해지니 정말 돌아 버리기 일보 직전이었다.

'참자. 참아야 한다.'

빠드득—

선우초린이 어금니를 깨물며 그렇게 필사적으로 스스로 다독이고 있을 때.

저 멀리 건안왕의 별장이 눈에 들어왔다.

'거의 다 왔군.'

야밤에 담을 넘지 않고 벌건 대낮에 이렇게 정식으로 여기를 찾아온 것은 처음 있는 일이었다.

그리고 의외로 상대방은 손님을 맞이할 준비가 되어 있는 듯했다.

히히힝—!

마차를 멈춰 세우며 선우초린은 눈을 가늘게 떴다.

'백 명……? 아니, 그것보다 더 많다.'

일단 입구 쪽에 있는 고수들의 숫자만 어림잡아서 백 명 남짓.

정확한 숫자는 파악되지 않았지만 선우초린의 입가에 가느다란 비웃음이 떠올랐다.

그리고 힐긋 노진녕을 바라보았다.

노진녕은 자신보다 고수니까 주변에 있는 적들의 정확한 숫자까지 파악했음이 분명했다.

『주변에 몇 명이나 있어요?』

전음으로 물어보자 노진녕이 순간 몸을 가볍게 떠는 것이 보였다.

한데 그게 끝.

당연히 적들의 규모에 대해 말해 줄 것이라 생각했는데 묵묵부답이다.

고개를 돌려 노진녕을 바라보자 붉어진 얼굴로 자신을 바라만 보고 있는 게 눈에 들어왔다.

선우초린의 눈에서 불똥이 튀었다.

'이 미친 자식이⋯⋯.'

이곳은 적진이었다.

그런데도 정신을 못 차리고 헬렐레하고 있는 노진녕을 보자 자신도 모르게 손이 나갔다.

쫘악—

부지불식간에 뺨을 맞은 노진녕이 휘청거리며 마부석에서 떨어지려다가 고수답게 다시 후다닥 균형을 잡으며 허리를 꼿꼿이 세웠다.

선우초린은 그런 노진녕을 보며 살벌하게 말했다.

"정신 안 차릴래요?"

"어? 어어……."

노진녕은 얼얼한 뺨을 자신도 모르게 쓰다듬으며 고개를 흔들었다.

눈앞에 있는 이 선녀 같은 여자는 정말 몇 번을 봐도 예뻤다.

문자 그대로 혼을 쏙 빼놓을 정도인 것이다.

'그런데 내가 왜 맞은 거지?'

이 여자가 왜 자신에게 손찌검을 했는지 잠시 머리를 갸웃거리던 노진녕은 다시 한 번 들려오는 전음에 자신도 모르게 고개를 끄덕였다.

『이봐요, 노 씨. 주변에 적들이 얼마나 있는지 빨리 말해 달라구요.』

존댓말을 쓰고 있었지만 아랫사람에게 말하듯 함부로 말하는 선우초린이었다.

하나 노진녕은 그런 점을 깨달을 새도 없이 곧장 머릿수를 헤아려 전음으로 대답해 주었다.

『입구에만 백오십이 명.』

『입구에만……?』

『응. 안쪽에는 더 있네.』

선우초린의 얼굴이 험악해졌다.

건안왕.

이 인간이 정말로 한판 해볼 작정인 모양이다.

선우초린은 입구에 마차를 세워 놓고 잠시 고민했다.

이대로 저 호랑이 아가리로 들어가도 되는 걸까?

별문제 없으려나?

그러다 슬쩍 뒤를 돌아본 선우초린은 마차 고삐를 강하게 부여잡았다.

'나도 아무런 대책 없이 오진 않았어.'

그녀 역시 멀찍한 곳에 수하들을 끌고 오지 않았던가?

선우초린은 잠시 멈춰 있던 다시 마차를 움직여 건안왕의 별장으로 이동하기 시작했다.

*　　*　　*

"왔습니다. 왕야."

"오오? 그래?"

건안왕은 변정훈의 보고에 자리에서 벌떡 일어서며 반가운 얼굴을 해 보였다.

그 옆에 있던 마테오 리치는 약간 걱정되는 얼굴로 그런 건안왕을 바라보았다.

"무슨 장난을 치시려는 겁니까, 왕야?"

건안왕은 빙긋 웃었다.

"걱정 마시오, 사부. 약간의 시험을 해 보는 것뿐이니."

"시험이라면……."

"두고 보면 알 겁니다, 사부."

건안왕의 입가에 그려져 있는 야릇한 미소를 보며 마테오 리치는 안절부절못했다.

사람 좋고 능력 좋은 건안왕이었지만 이 심한 장난기가 늘 걱정이었다.

그를 잘 모르는 사람들이 오해할 수 있기 때문이다.

다행히 건안왕의 참모라 할 수 있는 변정훈이 대외적으로 잘 포장하고 있긴 했지만 언제 어떻게 될지 알 수가 없었다.

"그럼 구경이나 하러 가 보시겠습니까, 사부?"

마테오 리치는 고개를 끄덕였다.

요 며칠 분주히 사람들을 움직여 정원에서 뚱땅거리며 무언가를 열심히 하고 있었던 건안왕이다.

스승인 마테오 리치에게조차 나중에 보여 주겠다며 꼭꼭 숨겼던 것.

대체 무슨 짓을 어떻게 해 놨는지 마테오 리치도 궁금하긴 했다.

건안왕의 안내를 받으며 정원에 도착한 마테오 리치는 고개를 갸웃거렸다.

'뭐지?'

정원에 깔려 있었던 대리석이 이상한 모양으로 정돈되어 있었다.

묘한 느낌.

어디선가 본 것 같은 그 느낌.

그때.

히히힝—

마테오 리치는 대문으로 들어오는 마차를 바라보았다.

그리고 마차에 타고 있는 여인을 보았다.

'저 여인은…….'

오늘은 면사를 하고 오지 않았지만 분명했다.

저번에 그 소녀의 뒤에 서 있던 그 고수였다.

그리고 그녀가 등장하자 건안왕을 비롯한 주변의 모든 인물들의 표정이 순간 멍하게 변했다.

"대단한…… 실로 대단한 미인이 아닌가?"

그런가?

마테오 리치는 동양인들과 미의 기준이 달랐기 때문에 크게 공감하지는 못했다.

그때.

끼이익—

마차 문이 열렸다.

그리고 마테오 리치의 예상과는 다르게 지난번의 소녀가 아닌 안경을 낀 어린 소년이 마차에서 내렸다.

초류향이었다.

소년은 무심한 눈으로 잠시 주변을 둘러보다가 입가에 미소를 머금었다.

'재미있군.'

환영 인사치곤 제법 성대한 편이지 않은가?

사방에 적들이 가득했다.

그리고…… 주변에 가득한 이 이상한 배치의 대리석 조각들.

이것이 무엇을 의미하는지 그 누구보다도 잘 알고 있는 초류향이었다.

초류향은 고개를 들어 금룡포를 두른 사내를 바라보았다.

아니, 정확하게는 그 뒤쪽에 몸을 숨기고 있는 사람을 응시했다.

저번에 주호유와 함께 자신을 찾아왔던 자.

'화경의 고수.'

태 공공.

지금 이 자리에서는 저자 하나만 경계하면 되었다.

그때.

마차 안에 있던 공손아리가 천천히 바깥으로 내려왔다.

면사로 얼굴 전체를 감싸고 내려온 것이다.

그때 초류향이 그녀에게서 고개를 돌려 건안왕을 바라보며 입을 열었다.

"언제까지 밖에 세워둘 생각입니까?"

"아! 그렇지. 깜빡했다."

건안왕은 허둥지둥 움직이며 곁에 있던 변정훈에게 무어라 작게 지시를 내렸다.

그러자 변정훈의 얼굴이 곤혹스럽게 변하며 고개를 저었다.

"곤란합니다, 왕야. 그런 것까지는 할 수 없습니다."

"흠. 역시 어렵나?"

"예. 사전에 거기까지는 준비하지 못했습니다. 게다가 진법이 사람을 분간해서 공격한다는 것은 애초에 있을 수 없습니다."

"그래? 그럼 이걸 어쩐다……."

건안왕은 어마어마한 돈을 들여서 정원 전체를 진법으로 감싸 버렸다.

엄청난 대공사를 감행한 것이다.

그런데 진법을 발동하게 되면 저기 저 굉장한 미인도 다치게 될 것이 아닌가?

그건 좀 곤란한 일이었다.

그랬기에 건안왕은 솔직하게 말했다.

"거기 소저의 이름이 어떻게 되나?"

선우초린은 고개를 갸웃거렸다.

그러다 손가락으로 자신을 가리키며 물었다.

"나?"

"그래. 그쪽의 미인을 말하고 있는 거지."

"선우초린."

"선우초린이라······. 과연 이름도 어여쁘구나."

건안왕이 감탄하며 중얼거리자 선우초린의 얼굴이 일그러졌다.

그런데 그런 그녀보다 곁에 있던 노진녕의 얼굴이 더욱 크게 일그러졌다.

'감히······.'

자신도 부르지 못한 그녀의 이름을 함부로 부르다니 이건 용납할 수 없었다.

노진녕이 뜨거운 콧김을 내뿜으며 분노한 얼굴을 해 보였다.

하나 건안왕은 그런 그를 신경도 쓰지 않으며 입을 열었다.

"그대만 잠시 이쪽으로 와 주겠는가? 거기는 아무래도 위험해서 말이야."

이건 또 무슨 수작질인가?

선우초린이 건안왕의 손짓을 보며 어이없다는 듯 코웃음을 칠 때.

노진녕이 결국 참지 못하고 한 발 앞으로 내디뎠다.

쿠웅—

마치 지진이라도 난 것처럼 사방이 들썩거렸다.

"어엇?"

딱딱한 돌바닥은 거북이 등껍질처럼 갈라져 있었고, 노진녕의 얼굴은 분노로 벌겋게 달아올라 있었다.

"이 여자는 못 줘!"

노진녕의 쩌렁쩌렁한 외침에 선우초린의 얼굴에 숨길 수 없는 불쾌감이 떠올랐다.

'이 미친 새끼가?'

건안왕은 그제야 노진녕에게 시선을 주며 눈을 부릅떴다.

"네 이놈! 무엄한 놈이로구나!"

동시에 건안왕은 변정훈에게 전음으로 말했다.

『진법이 발동된 후에 저 여자를 빼 오는 것은 가능하더냐?』

변정훈은 잠시 생각하다가 고개를 끄덕였다.

거기까지는 가능했던 것이다.

"예, 왕야."

"좋다. 진법을 발동해라."

변정훈은 고개를 끄덕이며 품에서 보석 주머니를 꺼내 들었다.

그리고 그곳에서 보석을 꺼내어 바닥에 박았다.

* * *

초류향은 마차 바깥으로 먼저 나갔다.

그리고 주변을 둘러보며 미소를 지었다.

'진법이라……'

재미있었다.

환영 인사가 제법 그럴싸하지 않은가?

게다가 꽤나 공을 들인 기색이 역력했다.

사방에 돈을 바른 티가 확연했던 것이다.

초류향은 안경을 매만지며 주변을 둘러보곤 고개를 끄덕였다.

'전문가다.'

누구인지 모르겠지만 이건 전문가의 작품이었다.

그것도 초류향처럼 산법을 토대로 만든 것이 아닌, 진짜 정통의 진법가가 만든 것이다.

막 그렇게 상황 파악을 했을 무렵.

갑자기 시야가 흐릿해지며 주변이 어둠으로 가득 찼다.

"어?"

"어라?"

선우초린과 노진녕, 그리고 공손아리가 깜짝 놀란 얼굴로 주변을 둘러보았다.

마치 먹물을 잔뜩 풀어 놓은 듯 사방이 밤처럼 어두워졌다.

그리고 그 어둠은 서서히 마차 주변을 잠식해 들어오기 시작했다.

"어? 어어?"

노진녕은 점차 다가오는 검은 구름에 찝찝함을 느끼고 가볍게 손을 뻗어 장풍을 날렸다.

콰우웅―

내력을 머금은 장풍이 검은 구름을 뚫고 지나갔지만 그 자리는 금세 다시 메워졌다.

"어쭈? 저리 안 가?"

노진녕이 얼굴을 찡그리며 양손을 휘저을 때.

뒤에서 지켜보고 있던 초류향은 고개를 끄덕였다.

'완벽하게 만들어진 암행진(暗行陳)이다.'

초류향은 안경을 한 번 매만지며 입맛을 다셨다.

이것은 사람을 해칠 수도 있는 진법이었다.

진법을 만든 자가 마음먹기에 따라서 얼마든지 사람을 죽일 수도 살릴 수도 있었다.

'깨부숴야 하나…….'

초류향에게 있어서 이 정도의 진법을 파훼하는 것은 그다지 어렵지 않았다.

하지만 무슨 생각인지 초류향은 피식 웃었다.

갑자기 상대방이 어느 정도의 실력자인지 궁금해졌기 때문이다.

아무래도 정통의 진법가는 처음 만나다 보니 호기심이 생긴 것이다.

초류향이 어떻게 해야 할까 고민하고 있을 때 뒤에서 누군가가 자신의 옷소매를 잡는 느낌이 들었다. 정신을 차리고 뒤를 돌아보니 공손아리가 그의 옷소매 끝을 불안한 듯 잡고 있었다.

'왜……?'

그녀는 다가오는 어둠을 보며 겁에 질린 얼굴을 하고 있었다.

그 모습에 초류향은 순간 가슴이 울렁거리는 느낌을 받았다.

'뭐지?'

초류향은 자신도 모르게 손으로 가슴팍을 움켜쥐고 얼굴을 찡그렸다.

마차 안에서 공손아리와 함께 있을 때부터 느꼈던 그 울렁거림.

무언가 알싸한 고통이 가슴 부위를 스쳐 지나갔기 때문이다.

정체를 모르는 것은 두려움을 주기에 충분하다.

어딘가에서 보았던 글귀가 머릿속에 떠오르자마자 초류향은 움직였다.

자신은 진법의 정체를 명확하게 알고 있었기에 겁이 나지 않았지만 다른 사람들은 아닌 것이다.

그 사실을 깨닫고 나서 초류향은 서둘러 바닥에 있던 조약돌 하나를 집어 올렸다.

'일단은…… 멈춘다.'

부수지는 않을 생각이었다.

하나 상대방의 의도대로 움직여 줄 생각은 전혀 없었다.

아니, 아예 판을 뒤집어엎을 생각이었다.

갑자기 뚜렷한 이유도 없이 가슴속에서 화가 치솟았던 것이다.

'철저하게 망가뜨려 준다.'

초류향은 조약돌을 바닥 어딘가에 박아 넣고, 그 옆에 또 다른 돌멩이 하나를 더 박아 넣었다.

그리고 정면을 응시했다.

우우웅—

스멀스멀 다가오던 어둠이 갑자기 보이지 않는 벽에 막힌 듯 더는 다가오지 못하고 바로 코앞에서 일렁거렸다.

"어……?"

그때까지 앞에 서서 장풍을 연달아 날려 어둠을 흩트리고 있던 노진녕이 제일 먼저 그 모습을 보고 감탄을 터트렸다.

그리고 고개를 돌려 초류향을 바라보며 헤픈 웃음을 입가에 그렸다.

"헤헤…… 괜히 저 혼자 힘 빼고 있었네요?"

초류향은 피식 웃으며 고개를 저었다.

"아닙니다. 덕분에 한결 수월해졌습니다. 고생하셨습니다."

노진녕은 어린 주인님의 칭찬에 대단히 뿌듯한 얼굴로 고개를 끄덕였다.

몸 안의 내력을 길게 늘려서 바깥으로 방출하는 장풍 같은 고급 기술은 상당히 많은 체력이 소모된다.

그것을 줄곧 쏟아내고 있었던 탓에 노진녕의 이마에는 송골송골 땀이 맺혀 있었다.

선우초린은 그런 노진녕을 바라보며 얼굴을 찡그렸다.

'실없는 놈.'

하나부터 열까지 모든 게 마음에 들지 않았다.

무공도 그랬고, 이 실없는 태도도 그랬다.

게다가 더욱 불쾌한 것은 조금 전에 건안왕에게 했던 말이었다.

'이 여자는 못 준다고? 내가 네 거냐?'

이래저래 거슬렸다.

평소라면 진작 손이 나갔겠지만 그래도 그녀가 발작하지 않고 가만히 있는 것은 눈앞에 초류향이 있었기 때문이었다.

이상하게 이 꼬마는 껄끄러웠다.

함부로 대하기 어려웠던 것이다.

'대체 너는 정체가 뭐냐?'

초류향을 바라보는 선우초린의 얼굴이 차츰 복잡해졌다.

무공으로 도군을 꺾었다는 이야기는 이미 귀에 딱지가 앉을 정도로 들었다.

그것만 해도 못 믿을 판인데 이런 신기한 재주는 대체 어디까지 익혀 놓은 것일까?

알아 가면 알아 갈수록 더욱 알 수 없어지는 이런 요상한 기분은 그녀로서도 처음 겪는 일이었다.

그때 그녀의 시선에 초류향의 옷소매를 조심스럽게 붙잡고 있는 공손아리가 들어왔다.

선우초린의 눈동자에 불똥이 튀었다.

바람처럼 움직여 공손아리의 옆으로 이동한 선우초린은 공손아리의 반대쪽 손을 꼬옥 잡으며 걱정스럽게 말했다.

"괜찮으세요, 소군주님?"

"응? 으응. 난 괜찮아, 링링."

공손아리는 초류향의 옷소매를 잡고 있던 손을 놓으며 괜찮다는 얼굴을 해 보였지만 미미하게 몸이 떨리고 있었다.

솔직히 무서웠다.

이런 것은 처음 보았기에 신기함보다는 무서움이 더 컸기 때문이다.

"이제 걱정 마세요, 소군주님. 제가 옆에 계속 있을 테니까."

"정말? 고마워."

공손아리는 불안한 눈동자로 주변을 둘러보았다.

사방이 어둠으로 가득했다.

마치 당장이라도 덮쳐들어올 듯 어둠이 일렁거리며 주변에서 빠르게 움직이고 있었다.

선우초린이 공손아리의 손을 가볍게 쥐고 있을 때였다.

노진녕은 선우초린의 눈치를 조심스럽게 살피다가 슬쩍 초류향의 옆에 바짝 붙으며 소곤거렸다.

"근데 저 위험한 계집은 왜 데려오셨습니까?"

초류향은 노진녕의 말에 마차 천장을 바라보며 미소 지었다.

"이제부터 제 일을 도와주시기로 한 사람입니다."

선우초린은 고개를 갸웃거렸다.

누가 있는 건가?

감각을 날카롭게 다듬어 살펴보았지만 초류향이 바라보고 있는 곳에는 아무것도 없었다.

그때 초류향이 마차 천장을 향해 말했다.

"그만 이리로 나오세요. 오히려 그곳에 계신 게 더 불편하니까요."

초류향의 말이 끝나기가 무섭게 무언가가 흐릿하게 나타나 무릎을 꿇었다.

"소교주님의 명령을 받듭니다."

갑자기 등장한 사람을 바라보던 선우초린의 눈가에 작은 경련이 일어났다.

"너는……."

초류향을 암살하려고 했던 화령이라는 살수가 아니던가?

거기까지 떠올린 선우초린은 빠르게 손을 뻗었다.

하지만…….

턱—

그녀의 손을 제지하는 자그마한 손.

선우초린이 그 손의 주인을 바라보고 알 수 없다는 얼굴을 해 보였다.

"소교주님을 죽이려 했던 살수입니다. 죽여야 합니다."

초류향은 선우초린의 손을 잡은 채로 고개를 저었다.

"이제부터 제 사람입니다."

"살수 따위를 곁에 두려 하시는 겁니까? 아무짝에도 쓸모없는 짓입니다."

선우초린이 옅은 광기가 이글거리는 눈으로 으르렁거리자 초류향은 담담한 얼굴로 분명하게 말했다.

"살수가 아니라 제 사람입니다. 이화부궁주."

"하지만 이 계집은……."

"거기까지 하세요."

초류향은 잡고 있던 선우초린의 손을 놓아 주며 입을 열었다.

"제 사람은 제가 판단합니다. 이화부궁주는 자신의 할 일만 하시면 됩니다."

"……."

선우초린은 아랫입술을 깨물었다.

이 작고 시건방진 꼬마가 자신의 충고를 귓등으로 듣고 흘려 넘기고 있었던 것이다.

'바보 같은 자식.'

이놈은 죽을 것이다.

살수라는 것에 등을 맡기는 어리석은 놈치고 오래 사는 놈을 못 봤다.

애초에 살수는 사람을 죽이는 것에만 능숙하지 보호하고 살리는 것에는 재주가 없는 족속들이니까.

잠시 거기까지 생각하던 선우초린은 움찔하며 고개를 갸웃거렸다.

자신이 왜 이렇게 진심으로 화를 내고 있는지 알 수가 없었다.

'이 꼬마가 멍청한 판단을 하면 그것으로 족한 거겠지. 화낼 이유가 없잖아?'

그동안 너무 뛰어난 모습만 보였던 어린 소교주에게 자신도 모르게 감화되어 버린 모양이었다.

선우초린은 거기까지 생각하다가 재빨리 머리를 흔들어 잡념을 털어 버리며 속으로 비웃었다.

장담하건대 이 꼬마는 이런 어리석은 판단을 한 것에 땅을 치며 후회할 날이 올 것이다.

선우초린이 싸늘한 얼굴로 한 걸음 물러서자 그때까지 초류향의 뒤에서 조마조마한 얼굴로 사태를 지켜보고 있던 노진녕이 안도의 한숨을 내쉬었다.

그가 안도한 이유는 참으로 기가 막혔다.

'둘이 치고받고 싸우면 난 누구 편을 들어야 하지? 역시 소교주님이겠지? 그런데 저 예쁜 여자를 때릴 수 있을까? 어차피 내가 안 도와드려도 소교주님이 이기실 수 있겠지?'

속으로 이런 말도 안 되는 고민을 하고 있었던 것이다.

그런 노진녕이 갑자기 생각난 듯 입을 열었다.

"소교주님, 그런데 이제부터는 어떻게 해야 할까요?"

"흠."

어떻게 해야 할까?

잠시 고민하던 초류향은 일단 그때까지도 무릎을 꿇고 자신을 바라보고 있는 화령을 일으켜 세우며 입을 열었다.

"일단 기다리면 될 것 같습니다."

그랬다.

일단 기다리기만 하면 된다.

시간이 지나면 바깥에서도 분명히 이상함을 느낄 테니까.

그리고 초류향의 예상처럼 바깥에서도 무언가 문제가 생겼다는 것을 깨닫기까지는 그다지 오랜 시간이 걸리지 않았다.

＊　　　＊　　　＊

'이상하다.'

변정훈은 고개를 갸웃거렸다.

본래대로라면 지금쯤 진법에 무언가 변화가 있어야 했다.

자연스럽게 다음 단계로 진입을 해야 하니까.

한데 진법은 처음과 마찬가지로 아무런 변화가 없었다.

'대체 뭐가 잘못된 거지?'

음양반(陰陽盤, 진법의 입구와 출구를 구별할 때 쓰는 원반같이 생긴 도구)을 들여다보며 계속 고개를 갸웃거리던 그가 결국 곤혹스러운 얼굴로 옆에 있던 건안왕을 응시했다.

그 시선에 담긴 불안을 읽은 건안왕이 궁금한 얼굴로 입을 열었다.

"왜? 진법이 어딘가 잘못되었나?"

"예. 아무래도 무언가 사고가 생긴 것 같습니다."

사고?

건안왕이 눈을 끔뻑거리며 입을 열었다.

"여태껏 단 한 번도 실수해 본 적이 없는 자네가 그런 말을 하니 조금 놀랍군. 그래, 어디가 문제인 것 같은가?"

변정훈은 음양반으로 진법의 한구석을 가리키며 입을 열었다.

"본래대로라면 지금쯤 저쪽에서 작은 불꽃이 튀어나와야 정상적인 상태입니다. 진법 안의 세계는 본래부터 외부와는 완전히 격리되어 있는 공간. 그곳에서 음의 기운이 거세어지니 그에 대응해서 곧장 거대한 불길이 일어나야 정상이지요. 저는 바깥에서 육안으로도 그것을 확인할 수 있게 만들어 놓았습니다."

"그런가? 그런데 변화가 없다 이건가?"

변정훈은 송구스럽다는 얼굴로 고개를 끄덕이며 말했다.

"예, 왕야. 이해가 되지 않는 일입니다. 진즉 변화가 생겼어야 하는 진법이 계속해서 음의 기운으로 가득 찬 채 머물러 있습니다. 이건 무언가 안쪽에서부터 문제가 생기지 않고서야 일어날 수 없는 사태입니다."

건안왕은 그제야 이해가 된 듯 턱을 한 번 쓰다듬으며 고개를 끄덕였다.

"하긴. 자네가 나에게 가르쳐 주었던 대로라면 진법이 한 가지 성질을 계속해서 띠고 있다는 건 말이 되지 않지."

건안왕의 진법 선생이자 강남 지역을 통틀어 최고의 진법가라 손꼽히는 자가 바로 변정훈이다.

별 특색도, 강렬한 느낌도 없는 평범한 인상의 변정훈이었지만 그가

지니고 있는 능력은 실로 놀라웠다.

그는 풍수(風水)는 물론이고 역학(易學), 지리(地理), 진법 등 이 세상에서는 소위 잡기(雜技, 잡스러운 기술)라고 저평가받는 것들로 이미 일가를 이룬 사람이었던 것이다.

남주역신(南主易神).

즉, 남쪽 지방 역술의 신이라 불리는 사람이 바로 변정훈이었다.

변정훈은 사실 이쪽 계통에서는 최고의 실력을 지녔기에 가만히만 있어도 온갖 부귀영화를 다 누릴 수 있었다.

한데 그랬던 그가 어느 날부터인가 건안왕의 옆에 등장해서 그를 물심양면으로 도우며 온갖 궂은일을 마다하지 않는 것을 두고 모두가 의문스럽게 생각했었다.

하지만 변정훈은 그것에 대해 이렇다 할 이야기는 해 주지 않고, 그저 때가 되면 알 것이라고만 말해 왔을 뿐이다.

"예. 특별한 경우를 제외하고서는 계속해서 유동적으로 변해야 정상인데…… 대체 무엇이 문제인지 모르겠습니다."

"자네가 모르겠다면 이건 정말 난처한 일이군. 해결 방법은 없는 건가?"

변정훈은 조심스럽게 입을 열었다.

"제가 직접 안으로 들어가 봐야겠습니다."

"역시 그 방법밖에는 없는가?"

"예, 왕야."

"그럼 그리하게."

"알겠습니다."

변정훈은 품 안에 있는 보석 주머니를 만지작거리며 천천히 진법으로 다가갔다.

진법 안으로 들어가기 직전, 무언가가 머리채를 잡아채는 불길한 느낌이 들었다.

'별거 아니겠지.'

그는 찝찝한 기분을 애써 누르며 진법의 경계선 위에 발을 올려놓았다.

그러자 변정훈의 모습이 모두의 시야에서 연기처럼 사라졌다.

第十章

마법

　마테오 리치는 아까부터 정신이 없었다. 갑자기 눈앞에 있던 마차와 사람들이 연기처럼 사라지는 일이 생기다니?

　'마법인가?'

　서양에도 마법이라고 불리는, 악마들을 숭배하는 집단이 쓰는 괴상한 요술이 있긴 했다. 하나 그것은 대단히 위험했고, 그 근본도 미약했기에 그다지 위협적이지 않았다.

　한데 지금.

　바로 코앞에서 사람들이 연기처럼 사라진 것은 대체 무어라 설명해야 할까?

　'단순히 눈속임?'

　마테오 리치.

이 늙은 노학자는 갑자기 벌어진 일에 혼란스러움을 느끼고 잠시 동안 멍한 얼굴을 해 보였다가, 곧 호기심 어린 표정으로 변정훈을 바라보았다.

예전부터 어딘가 대단한 사람이라고 생각했지만 마법과 비슷한 것을 사용할 줄이야…….

서양에서 천주교에 몸담고 그곳의 교리를 완전히 이해하고 있던 마테오 리치였지만, 사실 교리에 나와 있는 비과학적인 이야기는 그다지 신봉하지 않는 그였다.

그랬기에 살아 있는 동안 자연의 섭리에서 어긋나는 일을 겪으리라고는 한 번도 상상해 본 적이 없었다.

한데 눈앞에서 상식적으로는 이해할 수 없는 광경이 펼쳐졌으니 놀람과 더불어 강렬한 호기심이 생겨 버린 것이다.

어떤 현상을 접하면 그 원리를 이해하고 탐구하려는 학자 특유의 본성을 억누르기 힘들었던 것이다.

그래서 마테오 리치는 변정훈이 하는 행동을 처음부터 끝까지 하나도 놓치지 않고 살펴보았다.

그러다 고개를 끄덕거렸다.

'저것은 자침(磁針, 자석)인가 보군.'

둥근 원반 위에 복잡한 기호들이 빽빽하게 그려져 있는 이상한 형태의 물건.

그 물건의 중심에는 뾰족하게 다듬어진 쇠붙이가 느슨하게 붙어 있었는데, 마테오 리치 입장에서는 꽤나 익숙한 모양새였다.

서양에도 저것과 비슷한 형태의 물건이 있었기 때문이다.

흔히 나침반(羅針盤)이라 불리는 물건이 바로 그것이다.

아무튼 그것과 방금 전까지 마차가 있던 장소를 번갈아 들여다보며 고민하는 변정훈을 보고 마테오 리치는 연신 고개를 갸웃거렸다.

무언가.

뚜렷하지는 않지만 무언가가 손에 잡힐 듯 아른거렸기 때문이다.

'무엇일까?'

이런 경우는 예전에도 종종 있었다.

진리, 혹은 감추어져 있던 지식의 비밀을 엿보았을 때의 느낌.

어둠 속에 곱게 숨겨져 있는 원초적인 형태를 한 진실의 벌거벗은 몸을 보았을 때 느꼈던 감각이었다.

꿀꺽―

입 안이 바짝바짝 마르고 어딘가 으슬으슬한 기분이 드는 것을 느끼며 마테오 리치는 홀린 듯한 얼굴로 바닥에 무언가를 빠르게 그리기 시작했다.

건안왕을 비롯한 다른 이들은 마테오 리치의 그런 상태를 알 수가 없었기에 그저 마차가 사라진 곳에만 집중하고 있었다.

덕분에 마테오 리치는 자신만의 세계에 아주 깊숙하게 빠질 수 있었다. 마테오 리치는 서양의 기하학을 익히고 그 외에도 산술이나 물리 등 다방면에 걸쳐 폭넓은 학식을 갖춘 엄청난 지식인이었다.

현재 그의 머릿속에는 수학과 천문, 지리, 신학, 법학, 철학 등 서양의 뛰어난 지식들이 가득했다.

그 지식의 양만 따져도 전 세계에 비견될 사람이 드물 텐데, 중국으로 넘어와서 그곳의 문화를 경험하고 거기에 숨겨져 있던 서양과는 다른 지식들까지 머리에 차곡차곡 쌓았으니…….

실로 동서양을 막론하고 그만큼 지식적으로 우월한 사람은 없다고 봐도 좋았다.

하나 마테오 리치는 항상 어딘가 부족하다고 느꼈었다.

너무도 막연한 느낌이었기에 그것이 무엇인지 잘 인지하지 못하고 있었는데, 갑자기 변정훈이 보여 주었던 전혀 다른 시각의 학문을 접하자 막연하기만 하던 감각이 손에 닿을 듯 뚜렷해졌다.

'좌로 열여덟 발자국. 우측으로 스물두 발자국…….'

마테오 리치의 머릿속에 제일 처음 마차가 이곳에 들어오기 전에 바닥에 그려져 있던 괴이한 형태의 문양들이 떠올랐다.

그리고 그것은 머릿속에 하나의 도형처럼 새겨지며 곧장 이곳저곳에서 부족한 부분들을 채워 나가기 시작했다.

조금씩 바닥에 완성되어 가는 그 그림은 언뜻 보기에 서양의 마법진처럼 괴이한 형태였다.

모난 곳 없이 둥근 원 안에 이리저리 어지럽게 짜여 있는 선들은 놀랍게도 일정한 규칙을 가지고 있었다.

마테오 리치가 그 규칙들이 무엇을 의미하는 것인지 깨닫게 되자 바닥에 그려져 있던 문양은 어느새 어떤 하나의 완성된 형태를 갖추게 되었다.

'이것은…….'

완성된 그것은 전혀 다른 세상의 학문이었고, 마테오 리치에게는 신의 영역에 도달할 수 있는 신세계의 열쇠이기도 했다.

'이런 것이 존재하다니…….'

마테오 리치의 눈에서 흐릿한 빛이 새어 나오다가 사라졌다.

그러다 변정훈이 진법 안으로 사라졌을 즈음 마테오 리치는 자신도 모르게 낮게 탄식을 터트렸다.

눈앞에 있는 이 도형이 무엇을 의미하는지, 구체적으로는 잘 모른다. 정말로 서양에서 은밀하게 연구 중인 마법진(魔法陳)일 수도 있었고, 지금 공공연하게 한창 발달하고 있는 연금술(鍊金術)과 같은 종류일지도 몰랐다.

비록 정확한 이름은 모르지만 그 작동 원리라든가 진행 순서 등등은 머릿속에 이미 새롭게 정립되고 있었다.

아마도 지금의 마테오 리치라면 변정훈이 만들어 놓은 저 진법 안에 들어가더라도 무사하게 나올 수 있을 것이다.

진법 그 자체를 처음부터 풀어내서 완벽하게 해석해 버렸으니까.

이것은 초류향과 같은 종류의 접근 방식이었다.

단지 차이가 있다면 그는 정관법이라는 특이한 종류의 안법(眼法, 눈을 사용하는 방법)을 모른다는 것뿐.

잠시 동안 마테오 리치는 자신의 머릿속에 쌓여 있는 지식을 차분하게 정리하고 있었다.

너무도 엄청난 진리의 열매를 먹어 버렸기에 그것을 소화하는 데 시간이 걸리는 것이다.

그때.

"괜찮으시오, 사부? 어딘가 편찮아 보이오만."

마테오 리치는 건안왕의 걱정스러운 부름에 그때까지 고도로 발휘되고 있던 집중력이 왈칵 깨지고 말았다.

동시에 마테오 리치는 휘청거리며 바닥에 털썩 주저앉았다.

"허……."

갑자기 개미들이 전신을 갉아먹는 것처럼 근지러웠고, 코에서 코피가 쉴 없이 쏟아져 나왔다.

이 늙은 노학자는 뱃속에서 부글거리며 끓어오르던 뜨거운 것이 한순간에 쪼그라들며 사라지는 감각을 멍한 얼굴로 느끼고 있었다.

그 허탈한 모습을 지켜보던 건안왕은 눈을 동그랗게 뜨고 버럭 소리쳤다.

"게 아무도 없느냐!"

"부르셨습니까, 왕야."

"빨리 사부를 의원에게 보여라. 빨리!"

"명을 받듭니다."

호위 무사들이 바닥에 주저앉아 부들거리며 떨고 있는 마테오 리치를 부축해서 서둘러 의원에게 데려갔다.

그 모습을 보던 건안왕은 입맛을 다시며 다시 고개를 돌렸다.

'부디 그 아름다운 여자만은 무사히 구출해서 나와 주게나.'

방금 전 자신이 마테오 리치에게 무슨 짓을 했는지도 모르고, 마테오 리치가 어떠한 상태에 있었는지도 전혀 인지하지 못하는 건안왕이었다.

만약에 조금만 더 마테오 리치를 그대로 두었더라면, 어쩌면 그도 제갈량처럼 이 세상을 전혀 다른 시각으로 볼 수 있는 능력을 얻었을 지도 모른다.

하나 그것은 어디까지나 만약의 일.

지금은 일어나지 않은 일이었다.

*　　　*　　　*

변정훈은 진법 안에 들어가자마자 얼굴을 찌푸렸다.

바깥에서는 보이지 않았던 파탄(破綻, 깨어짐이나 일그러짐)이 안에 들어오자 조목조목 보였던 것이다.

그것들을 살펴보던 변정훈은 자신도 모르게 입을 벌렸다.

'어?'

진법의 흐름을 무언가가 강제로 막아 놓고 있었다. 얼굴을 찌푸리고 흐름을 자세히 들여다보고 있을 때. 갑자기 진법이 크게 요동치는 것이 느껴졌다.

'흐름이…… 변했다?'

변정훈의 머릿속에 위험신호가 울려 퍼졌다.

불길한 느낌.

동시에 그는 눈을 크게 뜨고 소매를 펄럭이며 뒤로 세 걸음 물러섰다.

파사삭—

조금 전까지 그가 서 있던 바닥에 무언가가 부딪치며 떨어지는 것이 느껴졌다.

자세히 들여다보니 그것은 거대한 얼음 조각이었다.

그대로 있었으면 고스란히 두들겨 맞았을 것이 아닌가?

'이건…… 설마?'

변정훈은 곤혹스러운 표정으로 주변을 둘러보다가 자신도 모르게 얼굴을 와락 일그러뜨렸다.

누군가가.

말도 안 되는 일이었지만 누군가가 진법 안에서 진법의 형태를 바꾸고 있었던 것이다.

'이런 일이 가능하다는 말인가?'

진법은 맨 처음 한번 본래의 흐름을 입력시키면 그것이 그대로 유지된다.

몇몇 예외를 제외하고서는 그것이 변할 리 없었다.

한데 진법 바깥도 아니고, 안에 있는 누군가가 지금 진법의 전체적인 흐름을 변형시키고 있었다.

게다가 놀랍게도 전혀 강제적이지 않았고, 지극히 자연스러운 흐름이었다.

그 변형이 변정훈에게는 치명적으로 작용한다는 것이 문제였지만.

'저쪽 일행 중에 뛰어난 진법가가 있었단 말인가?'

이건 예상 밖의 일이었다.

상당한 수준의 진법가가 저쪽 일행에 있었던 모양이다.

그렇게 생각하니 모든 의문이 단박에 해결되었다.

변정훈은 눈을 번뜩였다.

그가 가지고 있는 여러 가지 재주와 지식들 중에서 단연 최고로 손꼽히는 것이 바로 진법이었다.

다른 것들은 신법을 배우면서 곁다리로 배운 지식에 불과했다.

'너는 사람을 잘못 보았다.'

상대방이 누구인지 어느 정도의 실력자인지는 잘 모르겠다.

하지만 변정훈은 자신이 있었다.

이 진법은 애초에 그가 만들었고, 직접 통제해 왔던 진법이 아닌가?

게다가 그것이 아니더라도 진법을 다루고 만드는 능력만으로 보았을 때 천하의 그 누구도 자신을 위협할 수 없다고 생각했다.

'아니…… 한 명 정도 있었던가?'

하나 그가 알고 있는 위협적인 사내는 이곳에 없었다.

황실에 매여 있는 몸인 것이다.

그가 이곳에 없다면 두려워할 필요가 없었다.

차르르륵—

변정훈은 소매에서 길쭉하게 생긴 쇠사슬을 꺼내 들었다.

그는 거무튀튀한 그것을 몸 주변에 둥글게 펼쳐 놓은 후 한가운데에 편안하게 앉으며 눈을 감았다.

진법은 기본적으로 음양오행(陰陽五行, 이 세상에 존재하는 가장 근원적인 기운)이 상생상극(相生相剋, 서로 작용하고 반발하는 일)의 원리로 움직인다.

그 원리를 완전히 이해하면 진법의 움직임에 대해서도 이해할 수 있고, 거기에 자신의 뜻을 가미할 수 있는 것이다.

파사사삭—!

가만히 집중하고 진법의 흐름을 느끼고 있을 때.

무언가가 좌측에서부터 쏘아져 오는 것을 깨닫고 변정훈은 북쪽을 향해 가볍게 손가락을 튕겼다.

쾅—!

예의 얼음덩어리가 변정훈을 향해 다가오다가 갑자기 공중에서 흩어졌다.

차가운 물방울이 볼에 닿는 것을 느끼며 변정훈은 얼굴을 찌푸렸다.

생각보다 진법의 흐름이 거셌다.

상대방이 누군지 모르겠지만 진법을 거의 완벽하게 장악하고 있었던 것이다.

이럴 때는 가만히 빈틈을 노려야 했다.

언제까지나 이렇게 거칠게 진법을 다룰 수는 없는 법이다.

한 가지 형태를 유지하고 있는 진법을 이렇게 세차게 몰아치게 된다면 조만간 진법은 깨어지게 될 테니까.

그리고 진법이 깨지게 된다면 지금 진법을 장악하고 있는 상대방도 상당한 타격을 받게 된다.

'너도 그러기는 싫겠지?'

잔뜩 공을 들인 진법이 파괴되는 것은 마음이 아프지만, 최악의 경우 진법을 파괴시켜서 상대방을 상하게 하는 것도 나쁘지 않아 보였다.

이 정도 실력의 진법가라면 자신을 번거롭게 할 것이 분명하니까.

변정훈이 막 그렇게 마음먹었을 때.

갑자기 주변에 자욱하게 깔려 있던 어둠이 요동치기 시작했다.

'음?'

변정훈은 갑자기 바뀐 흐름에 재빨리 적응하며 식은땀을 흘렸다.

순간적이지만 흐름에서 튕겨 나갈 뻔했던 것이다.

'진법이 깨어져도 상관없다 이거냐?'

상대방은 진법이 깨어지거나 말거나 상관없다는 듯이 흐름을 마구 조종하고 있었다.

이건 확실히 이상한 일이었다.

진법이 깨어지게 되면 그 반발력으로 엄청난 기운이 몰아칠 텐데…….

전혀 개의치 않다니?

변정훈은 혼란스러운 얼굴로 일단 흐름을 읽어 내기 위해 최선을 다했다.

지금은 분하지만 상대방의 움직임에 순응해야 하기 때문이다.

그렇게 쇠사슬 안에서 정신을 최대한 집중한 채로 힘겨운 싸움을 하고 있을 때.

갑자기 주변에 가득하던 흐름이 잔잔한 호수처럼 편안해졌다.

변정훈은 감고 있던 눈을 떴다.

그의 얼굴은 이미 하얗게 질려 있었고, 두 눈에는 믿을 수 없다는 감정이 가득했다.

'이렇게 급격한 변화라니……'

진법을 이렇게까지 통제할 수 있는 사람이 세상에 존재한다는 말인가?

그것도 자신의 손으로 만든 진법도 아닌데?

변정훈의 머릿속에 순간적으로 과거에 딱 한 번 만난 적이 있는 젊은 학자의 얼굴이 떠올랐다.

'주호유!'

설마 그자가 이곳에 와 있던가?

공포에 질린 얼굴로 눈을 들어 정면을 바라볼 때.

검은 구름이 좌우로 갈라지며 한 사람이 겨우 지나갈 정도로 좁은 길이 생겨났다.

그리고 그 길 끝에 서 있는 한 명의 소년.

안경을 끼고 있는 소년은 그를 바라보며 차분한 얼굴로 입을 열었다.

"더 해 보시겠습니까?"

"……!"

변정훈은 자신도 모르게 입을 크게 벌렸다.

상대방은 주호유가 아니었다.

믿을 수 없게도 이제 열 살 남짓한 어린 꼬마였던 것이다.

                    *   *   *

　맨 처음.

　진법 안에 누군가가 들어왔음을 알았을 때.

　초류향은 상대방이 진법 안의 숫자들과 자연스럽게 섞이는 것을 보
면서 고개를 끄덕였다.

　'대단한 사람이다.'

　저토록 자연스럽게 진법과 어울리는 사람은 그의 스승.

　조기천 스승님 외에는 본 적이 없었다.

　파훼보를 밟아 가는 상대방의 모습을 보며 초류향은 잠시 동안 그
의 행동을 유심히 관찰했다.

　그러다 미소 지었다.

　상대방은 확실히 서툴렀다.

　조기천 스승님보다 미숙한 것이다.

　한데 상대방은 스스로의 부족함을 알고 있는지 그것을 만회할 만한
도구들을 가지고 다녔다.

　그래서 흥미가 생겼다.

　얼마나 버틸지, 어디까지 참아 낼 수 있을지 시험해 보고 싶어진 것
이다.

　초류향은 처음에 가볍게 진법을 움직여 그를 공격해 보았다.

　한데 상대방은 너무도 자연스럽게 그 움직임을 파악하고 첫 공격을

피했다.

진법의 움직임을 읽고, 정확하게 행동하고 있었던 것이다.

초류향은 자신도 모르게 안경을 만지며 웃었다.

저 사내가 지금 하고 있을 생각이 손에 잡힐 듯 뚜렷하게 보였다.

'진법을 다시 장악할 수 있을 것 같습니까?'

한번 빼앗긴 진법의 주도권을 되찾기 위해서는 많은 노력이 필요했다.

실력이 동등한 경우에도 그럴진대 지금과도 같은 상황에서는 실력마저도 초류향이 압도적으로 윗줄이었다.

그렇다면 애초에 가망이 없었다.

하지만 상대방은 그 사실을 아직 모르고 있었다.

이건 스스로의 실력에 상당히 자신이 있다는 말이었다.

'깨닫게 해 드리겠습니다.'

초류향은 가만히 진법을 움직여 보았다.

딱히 위해를 끼치지는 않았고, 그저 진법을 움직여서 그가 어떻게 나오는지를 파악해 보려 한 것이다.

그러자 상대방은 불길에 놀란 메뚜기처럼 후다닥 움직여서 진법의 핵심에 자리를 깔고 앉아 버렸다.

진법에서 도망칠 생각이 전혀 없는 모습.

초류향은 그 모습을 보며 마치 쉽게 부서지지 않는 장난감이라도 발견한 악동처럼 웃었다.

대부분의 사람들이 그동안 잘 이해하지 못했던 세계.

진법이라는 세상 속에서 자신이 이렇게 행동하면 그것을 이해하고 곧장 받아쳐 오는 상대를 만나자 기뻤던 것이다.

'그럼 이번에는……'

초류향은 자신의 주변에 있던 사람들이 그를 바라보며 황당한 얼굴을 하든 말든 신경 쓰지 않고 정말로 즐겁게 웃으며 허공에서 미친 듯이 손가락을 튕겨 댔다.

얼마 전 공손천기가 전력을 다해도 되는 상대인 막수를 만나 즐거워했던 것처럼, 초류향 역시 강한 상대를 만나자 그동안 머릿속에 담아 둘 수밖에 없었던 진법의 기교들을 마음껏 풀어낼 수 있어서 즐거워진 것이다.

이것저것들을 하나씩 꺼내 보이던 초류향은 문득 상대방의 움직임이 눈에 띄게 경직된 것을 느끼고 의아한 얼굴을 해 보였다.

'왜?'

충분히 반격하든가 공격할 수 있었을 것이다.

일부러 그 정도로만 조절해서 때리고 있었으니까.

한데, 갑자기 겁에 질린 듯 제자리에서 그 어떤 행동도 취하지 않는 것을 보니 초류향은 자신을 들끓게 했던 열기가 빠르게 식어 가는 것을 느꼈다.

그리고 열기가 식자 차츰 이성이 돌아왔다.

초류향은 입맛을 한 번 다시곤 진법을 가리키고 있던 검지와 엄지를 붙였다가 서서히 떼어냈다.

그러자 눈앞에 가득했던 어둠이 좌우로 갈라지며 하나의 밝은 길이 생겨났다.

그 길 끝에 공포에 질린 얼굴을 하고 있는 변정훈이 있었다.

"더 해 보시겠습니까?"

"끄으으……."

변정훈은 초류향을 손가락으로 가리키며 무어라 입을 열어 말하려 했다.

그렇지만 제대로 된 말이 나오지 않았다.

그래도 그 감정만은 너무도 선명하게 전달되었다.

경악.

그리고 두려움.

그것이 복합되어 초류향을 향하고 있었던 것이다.

잠시 조용하게 변정훈을 바라보던 초류향이 입을 열었다.

"진법을 부수겠습니다."

마음이 무거웠다.

의도와는 다르게 상대방에게 겁을 준 모양이었다.

초류향은 그저 자신의 수를 읽어 내는 사내의 모습에 기뻤던 것뿐인데, 입장 차이에서 오는 괴리가 있었던 모양이다.

착잡한 얼굴로 주변을 둘러보던 초류향은 허공을 향해 손가락을 가볍게 튕겼다.

딱—

진법이 가볍게 흔들리며 주변의 어둠이 썰물처럼 사라졌다.

그 상태에서 다시 한 번 바닥을 향해 손가락을 튕기자 진법이 산산

조각으로 깨어졌다.

콰지지직—!

주변의 배경들에 금이 가며 갑자기 가슴이 뻥 뚫린 것처럼 시원해졌다.

모두가 눈을 끔뻑거리고 있을 때.

깨어진 배경 사이로 고개를 갸웃거리고 있는 건안왕이 눈에 들어왔다.

"지금…… 이건 어떻게 된 건가?"

건안왕은 바닥에 주저앉아 있는 변정훈을 바라보며 물었지만 곧장 혀를 낮게 차며 아쉬운 표정을 지었다.

변정훈은 새하얗게 질려서 고개를 떨군 채 무언가를 계속 중얼거리고 있었던 것이다.

'졌나 보군.'

진법에서 깨지다니.

이것은 생각지도 못했던 경우다.

하지만 건안왕은 당황하지 않았다.

오히려 잘된 면도 있지 않은가?

잠시 상황의 심각함을 접어 두고 초류향 일행을 하나하나 살펴보던 건안왕은 선우초린을 보며 환하게 웃었다.

"그대, 무사했는가? 다행이구만. 걱정했네."

"……"

선우초린은 황당한 얼굴을 해 보였다.

자신을 진법에 밀어 넣은 것도 따지고 보면 건안왕이 아니던가?

그런데 걱정했다니?

그게 무슨 말도 안 되는 소리지?

"조금만 기다리시게. 따뜻한 차라도 내오도록 하지."

건안왕이 말을 하며 한 손을 들어 휘적거리자 뒤에 있던 호위 무사들이 재빨리 사라졌다가 금세 다시 나타났다.

호위 무사는 널찍한 탁자와 의자, 찻주전자와 찻잔을 들고 있었다.

"자네만 잠시 이리 와서 앉게."

건안왕은 준비된 의자에 앉으며 자신의 바로 옆자리를 손바닥으로 탁탁 쳤다.

정말로 이곳에 와서 앉으라는 모양새가 아닌가?

초류향과 공손아리, 그리고 선우초린이 이 황당한 상황에 멍청한 얼굴을 해 보일 때.

그들과는 달리 진심으로 분노한 사람이 있었다.

"이 정신 나간 새끼! 지금 누구한테 개수작질이냐! 죽고 싶어?"

"……!"

"네놈의 다리몽둥이를 부러뜨려 주마."

"이, 이 무엄한!"

건안왕이 분기탱천한 표정을 지었지만 노진녕 역시 화가 단단히 난 상태였다.

그랬기에 노진녕은 씩씩거리며 성큼성큼 앞으로 나섰다.

마치 부모님 욕이라도 들은 듯 성난 얼굴로.

이 두 남자의 황당한 행동에 퍼뜩 정신이 든 것은 선우초린뿐만이 아니었다.

선우초린이 막 입으로 노진녕의 행동에 쌍욕을 쏟아 내려고 할 때.

초류향이 크게 소리쳤다.

"더 이상 가까이 가시면 안 됩니다!"

"예?"

노진녕이 초류향의 경고에 움직임을 멈췄다.

초류향이 얼굴을 찡그리며 입을 열었다.

"거기서 그대로 움직이지 마세요."

초류향은 잠시 공손아리를 한 번 바라보았다가 다시 그 옆에 있는 선우초린을 보며 고개를 끄덕였다.

선우초린이 옆에 있으니 공손아리를 걱정하지 않아도 될 것 같았던 것이다.

그 시선이 무엇을 의미하는지 눈치챈 공손아리는 잠시 얼굴을 붉혔다.

하나 면사에 꽁꽁 싸매져 있어서 그런 기색은 겉으로 드러나지 않았다.

단지 선우초린이 마뜩잖은 얼굴을 해 보였을 뿐이다.

'더 이상 가까이 다가가는 것은 위험하다.'

초류향은 그래도 안도의 한숨을 내쉬었다.

저렇게 흥분한 와중에도 자신의 명령을 우직하게 듣고 제자리에서 움직이지 않는 노진녕이 기껍기도 했다.

심지어 가까이 다가갈 때까지 숨조차 쉬지 않고 기다리고 있는 모습에 자신도 모르게 피식 웃음이 나왔다.

"이제 숨은 쉬셔도 됩니다."

"후우우."

노진녕이 곧장 한숨을 내쉴 때.

초류향은 건안왕을 물끄러미 바라보았다.

아니, 정확하게는 건안왕의 바로 뒤쪽에 숨어 있는 흰색 장포의 미남자를 바라본 것이다.

"오랜만입니다."

"뭐냐? 네 녀석이 날 아느냐? 본 적이 있던가?"

건안왕이 분노한 와중에도 초류향을 보며 고개를 갸웃거리자 그는 고개를 저었다.

"뒤쪽에 계신 분을 말함이었습니다."

"허어…… 쿵. 진즉에 그렇게 이야기할 것이지 사람을 부끄럽게 만드는구나."

건안왕이 무안한 듯 입맛을 다실 때.

그의 뒤쪽이 흔들거리며 누군가가 그림처럼 걸어 나왔다.

태 공공.

그때까지 숨죽이고 있던 그가 나타난 것이다.

"공공도 아는 자인가?"

건안왕이 묻자 태 공공은 잠시 생각하다가 한숨을 내쉬며 대답했다.

"예. 왕야. 전에 일 때문에 한 번 보았던 꼬마입니다."

"그래? 상당히 무엄하구나. 아무리 무림인이라지만 이 나라 황실의 백성이 아니더냐? 본 왕야를 보았으면 최소한의 예의는 갖추어야 할 것인데…… 쯧."

"마음 푸십시오, 왕야. 황실의 법도를 모르는 야인들입니다."

"쯧쯧. 어리석은지고."

마음에 들지 않는다는 표정.

하나 태 공공이 아는 사람이라고 하니 딱히 더 말하지 않았다.

기본적으로 무림인들이 얼마나 상식 없고 예의가 없는지 알고 있었기 때문이다.

사실 그런 거친 사내다움을 좋아해서 무림에 관심이 많았던 건안왕이었으니까.

하나…….

"네놈은 그냥 넘어갈 수 없지."

아까부터 사사건건 자신의 일에 방해를 하던 저 무식하게 생긴 놈.

저놈은 자신이 아무리 관대하더라도 그냥 넘어가 줄 수 없었다.

건안왕이 막 거기까지 생각하며 노진녕을 노려보자 그는 도리어 지지 않겠다는 눈빛으로 건안왕을 쏘아보며 뜨거운 콧김을 내뿜었다.

'해볼 수 있으면 한번 해봐.'

어디의 높으신 황족인가 본데, 처음에는 그 단순무식한 노진녕도 그것을 깨닫고 움찔하긴 했다.

하지만 사랑하는 여인을 지키기 위해서라면 죽음도 불사할 수 있는 것이 사내가 아니던가?

선우초린을 채 가려는 이 날강도 같은 놈은 황족이고 뭐고 따질 필요가 없었다.

그저 쳐 죽여야 하는 연적일 뿐인 것이다.

"이, 이 발칙한 놈이!"

건안왕은 피가 거꾸로 솟는다는 얼굴로 손가락질을 하며 노발대발했다.

그때.

쿠웅―

쩌어어억―!

노진녕의 몸에서 먹빛의 기운이 이글거리며 끓어올랐다.

그를 중심으로 대리석 바닥이 산산이 쪼개지기 시작했다.

실로 무시무시한 압박감.

화경의 고수가 뿜어내는 농도 짙은 투기(鬪氣)인 것이다.

건안왕은 그 모습에 눈을 동그랗게 떴다.

무식해 보이고 아무것도 없어 보이는 놈의 몸에서 정말 말도 안 될 정도의 기운이 흘러나왔기 때문이다.

평소라면 화경의 고수라는 진귀한 존재를 보았을 때.

아무리 그가 적이라도 넓은 마음으로 포용하고 그를 받아들였을 것이다.

무림에 지나칠 정도로 관대한 건안왕이었으니까.

하나 지금은 아니었다.

이 거칠고 야만스러운 놈에게는 오로지 몽둥이가 약이었다.

"공공!"

"예, 왕야."

"저놈에게 황실의 예의범절을 가르쳐 주게."

태 공공은 살짝 고개를 숙인 상태에서 혀로 자신의 붉은 입술을 핥으며 말했다.

"왕야의 명을 받듭니다."

강한 자와의 승부는 언제나 태 공공이 바라던 것이 아니던가?

게다가 상대방은 죽여도 하등 상관없었으니, 이것은 그야말로 태 공공이 가장 바라던 상황이었다.

'한데……'

역시 걸리는 것은 안경을 쓴 작은 아이였다.

이 꼬마는 주호유도 인정한 진법의 전문가가 아닌가?

맨 처음 건안왕이 자랑스럽게 준비했던 것이 무식한 크기의 진법이라는 사실을 깨달았을 때.

그 어마어마한 재력에 감탄을 터트렸다.

확실히 건안왕은 그 크기가 남다르다고 생각한 것이다.

사람 하나가 겨우 들어갈 만한 진법을 만드는 것만 해도 엄청난 돈이 들어갔는데 이 연무장 절반을 감싸 버릴 정도의 크기라면 어떻겠는가?

단순히 '놀이'에 이 정도로 돈을 쏟아붓다니…….

확실히 건안왕은 소문 이상으로 제정신이 아니었다.

내심 어떤 상황이 펼쳐질까 기대하고 있었던 태 공공이다.

한데 마차에서 내린 사람이 저 안경 쓴 꼬마인 것을 알아채자마자 태 공공은 어둠 속에서 크게 웃음을 터트릴 뻔했다.

건안왕이 임자를 잘못 만나도 한참 잘못 만났다고 여긴 것이다.

과연 태 공공이 예상했던 대로 건안왕의 계획은 산산이 부서졌다.

게다가 건안왕의 밑에 있었지만 그 능력은 진짜배기였던 변정훈마저 저렇게 만신창이로 만들 줄이야…….

어쩌면 이 꼬마의 능력은 예상 밖으로 더 뛰어난 것일지도 몰랐다.

'젠장. 이럴 줄 알았으면 그 녀석이랑 같이 오는 거였는데.'

주호유.

그 녀석이 있었더라면 저 꼬마를 염두에 두지 않아도 되었을 것이다. 진법을 쓰는 저 꼬마는 확실히 부담스러웠다.

한 번에 죽이지 않는다면 도리어 당할 우려가 있었으니까. 태 공공은 서늘한 눈빛으로 기회를 엿보았다. 단숨에 저 꼬마의 목을 따 버릴 요량이었다. 그때 노진녕이 앞으로 성큼 나서며 상황이 이상하게 꼬이기 시작했다.

〈다음 권에 계속〉